TUĞBA SARIÜNAL

ÇARPIŞMA

OLİMPOS®

TUĞBA SARIÜNAL

ÇARPIŞMA

OLİMPOS®

ÇARPIŞMA
Tuğba Sarıünal

Editör: Alp Arslan
Son Okuma: Buse Turan
Kapak Tasarımı: Sevil Şener

2. Baskı: Kasım 2018
ISBN: 978-605-2063-89-7

OLİMPOS YAYINLARI
Maltepe Mah. Davutpaşa Cad. Yılanlı Ayazma Yolu No:8 K:1 D:2
Davutpaşa / İstanbul
Tel: (0212) 544 32 02 (pbx) Sertifika No: 42056
www.olimposyayinlari.com - info@olimposyayinlari.com

Genel Dağıtım: YELPAZE DAĞITIM YAYIN SANAT PAZARLAMA
Maltepe Mah. Davutpaşa Cad. Yılanlı Ayazma Yolu No:8 K:1 D:2
Davutpaşa / İstanbul
Tel: (0212) 544 46 46 Fax: (0212) 544 87 86
info@yelpaze.com.tr

Baskı: MY Matbaacılık San. ve Tic. Ltd. Şti.
Maltepe Mah. Yılanlı Ayazma Sk. No: 8/F Zeytinburnu / İstanbul
Tel: 0212 674 85 28 Sertifika No: 34191

TUĞBA SARIÜNAL

ÇARPIŞMA

OLİMPOS®

İyiliği benimseyen,

bizlere ilham veren,

dünyanın hâlen yaşanabilir
bir yer olduğunu gösteren

ve kötülüğün karşısında çarpışan
tüm kahramanlara...

1.
BÖLÜM

Her insan,
özlemle anacağı
bir çocukluk yaşamayı
hak eder...

Taşkınlık boyutunda yaşanan her duygunun literatüre girmiş bir tanımı vardı. Öfke ve sevincin uçlarda yaşanması bipolar bozukluk, uykusuzluk insomnia, isteksizlik depresyon, tutarsızlık ajitasyon, öfke agresyon olarak adlandırılırdı ve aşk, beyninin içinden saydığı tüm bu kelimeleri ihtiva eden, çözümün bir türlü öngörülemediği çok bilinmeyenli bir denklemden başka bir şey değildi. Kaynağı belli olmayan bir güç önce hormonları harekete geçirir sonra da mutluluk, heyecan ve pişmanlığın sürekli olarak yer değiştirdiği bir süreç başlardı. Teslimiyet kolay iş değildi. Hem de her geçen gün kendine zarar verdiğini fısıldayan mantık mekanizmasının sesini yok sayacak kadar çaresizce teslim olmak... Kendi gözünden kendi değerine dair kaybettiğin ne varsa, karşı tarafa yüklemek... Tek bir sözüyle mutlu olurken, fazlaca hassas yaklaştığın bakışlarında küçük bir umutsuzluk fark edince mahvolmak... Söylemediği ne varsa, kendi kafanın içinde tamamlamak... Nefes almaya devam edebilmek için bazı şeyleri yok saymak... Biraz paranoya biraz demans...

Psikiyatr değildi ama küçüklüğünden bu yana çok fazla psikiyatr ile haşır neşir olmuştu. Duyduğu, telaffuzunu anlayamadığı için doğrusunu öğrenmeye çalıştığı, bazen meraktan bazen de delirip delirmediğini anlamak için adının geçtiği dosyalarda yazan ne kadar kelime varsa hepsini araştırmıştı. Ama şu an içinde bulunduğu duruma amatörce psikolojik bir yaklaşım yaparak, yaşadıklarının sebebini kavrayabilmesi imkânsızdı. Beyninin içinde dönen her düşünce, acısını daha fazla artırıyordu sanki. Alternatif yollar bulamıyordu. Yazdığı her hikâyenin girişi Elif, gelişmesi Elif, sonucu yine Elif oluyordu. Birkaç gündür dönüşümlü olarak yaşadığı her duygunun ruhunda uyandırdığı dengesizlik bedenini iyice sarsmaya başladığında, huzurlu sayılabilecek geçmiş tecrübelerini aklına getirdi. Karşı cinse dair merak ettiği ne varsa, bir umuda yeşermek için ruhuna ekilen tohumlar gibi beklediği, kalbinin kırılmadığı ve haykırmak isterken acısını tutmaya çalışmadığı günlerdi. Asosyal olduğu söylenemezdi ama insanlara temas etme konusunda yaşıtı olan diğer gençler kadar da rahat değildi. Tanımadığı bir insanla göz iletişimi kurmakta zorlanırdı. Sanki içinde sakladığı ne varsa bir yabancı tarafından gözlerine bakıldığında anlaşılacakmış gibi kaçırırdı bakışlarını. Karakteri keskin köşelerle çizilmişti. İzni olmadan fazla yakınına girmeye çalışan herkesin çarptığı keskin köşeler, ağzından çıkan sert kelimelere dönüşerek belli ederdi kendilerini. Babası da dâhil olmak üzere tanıdığı herkes nasibini almıştı bu özelliğinden. Erkeksi yüzüne ters düşen kusursuz burnu ve iri ela gözlerini çevreleyen uzun kirpikleri bazı kızlar tarafından hoş bulunsa da, fiziksel özelliklerinin dışında kalan tüm vasıfları, ilk temasta gidişatı olumsuz kılmakla lanetlenmişti sanki. Yirmi bir yaşına kadar, ufak tefek bazı denemelerini saymazsa hiç kız arkadaşı olmamıştı. Ciddi sayılacak bir ilişkiye adım atması mümkün değildi çünkü insanlar soru sormakla görevlendirilmişti. Annesini, babasını, hikâyesini sorup duruyorlardı. Açıklayamayacağı bunca şey varken, kendine yalandan bir geçmiş inşa ederek giriştiği her ilişkinin canını yakacağını biliyordu ama sorgulamadan kendisini kabul edecek, olduğu gibi kalmasına izin verecek, gerçekleri öğrendiğinde korkup kaçmayacak bir kız mutlaka bulunurdu ve bulmuştu da. Aylar öncesinde internet üzerinden tanışıp, gözlerine bakmak zorunda kalmadığı için gerçek hayatta yaşadığı bütün korkuları unutturan ve soru sormadan cevapları alabilen bir kızla tanışmıştı. İlk zamanlar kısa süren yazışmaları, her geçen gün biraz daha uzarken, okula gittiği saatlerde bile yapay olan bir ruhu özlemeye başladığını fark etmişti. Birkaç ay sonra yüz yüze geldiklerinde, birbirleri hakkında olması gerekenden fazla şey biliyorlardı. Kızı sanki yıllardır tanıyormuş gibi bir duygu hissederken, karakterinde var olan köşelerin de esnediğini anlamıştı. Masum yüzü, samimiyeti ve kendisininkine benzeyen geçmişiyle çoktan kalbine girmişti Elif. Dört ay önceye denk gelen o günü hatırlayınca yüzüne yine aptal bir gülümseme yayıldı. Zor bulunan şeyler kaybedilemeyecek kadar değerli olurdu ama bu kadar kısa süre içinde bile defalarca kaybetmişti Elif'i. Bir gün her şey çok güzelken diğer gün mutlaka bir sorun çıkardı. Kahkaha atarken ne kadar samimiyse, öfkelendiğinde de o kadar samimi görünürdü. Tepkileri hep yüksekti ama onu bu kadar vazgeçilmez kılan da sahip olduğu enerji değil miydi? Kızın dengesizliklerine bile kılıf uydurmaya çalışırken çok fazla yorulmuştu. Yürümek için Elif'in sunacağı bir sebebi beklemek, geriye doğru gitmek demekti. Kıza karşı farkındalığı bu kadar yüksek olsa da, çaresizdi. Sevgisinden eminken, sevildiğine dair şüpheleri sonsuzdu. İki gündür ayrı olmalarına rağmen telefonuna bakmadan duramıyor, kızın sosyal medya hesaplarını ibadet eder gibi mucizevi bir konsantrasyonla kontrol ediyor ve küçük de olsa bir haber almaya çalışıyordu. Ara ara yazdığı mesajlarda okundu bilgisi çıkmasa bile, kendini kontrol edemeyerek yenilerini gönderip duruyordu. Ve nihayet, hiç beklemediği bir anda ekranda beliren Elif ismini gördüğünde, önce yaşadığı şokun etkisiyle hareketsiz beklemiş sonra da mesajın üzerine tıklamıştı. Mesajda birkaç kez buluştukları bir kafenin ismi ve saat bilgisini yazmıştı kız. Kendi çıkardığı bir âdet olsa da, buluşacakları zaman hep böyle yaparlardı. İki ajanın bir araya gelmeden önce yaptıkları gibi gizemi yüksek, duygusu az satırlar ilişkiye heyecan katarken kendilerince eğlenirlerdi.

Aklından bunları geçirirken, Elif'in sadece yer ve saat bildirdiği mesajına "Geliyorum." diye cevap yazmayı unuttuğu için panikle direksiyonu bırakarak yan koltukta duran telefonunu eline aldı. Tekrar yola odaklandığında mesajı çoktan göndermişti bile. Kavşaktan dönerken, yeniden birkaç gün önceki tartışmalarını hatırladı ama içinde Elif'e dair en ufak bir kızgınlık belirtisi oluşmadı. İlk gönderdiği mesajda kıza bu kadar istekli koşmanın hata olduğunun farkındaydı. Dengesiz davranarak yaptığı hataları ona anlatabilmenin yolu, yeni hatalar yaparak onu kutsal kılmak olamazdı. Ama seviyordu. En mutlu anında bağırarak şarkılar söylerken de, ayrıldıkları zaman öleyim de kurtulayım diye düşünerek fayansların üzerine kusarken de seviyordu.

Arabayı park edince, yolun karşı tarafında kalan çiçekçide güzel bir buket yaptırmayı düşündü ama geç kalma ihtimalini göze alamayarak hızla yürümeye devam etti. İç sesiyle verdiği savaşı bitirmek için hiçbir şey düşünmemeye zorladı kendini. Şimdi sadece yola odaklanmıştı. Aceleyle attığı adımlarını iyice sıklaştırdığında, yokuş bir sokağın bitiminde kalan kafeyi neredeyse geçip gidiyordu. Islak asfaltta kaymamak için yavaş bir hareketle kendisini frenleyerek geriye dönüp hemen arkasında kalan kafenin kapısından içeriye girdi. Gün içinde atıştıran yağmur yüzünden tenteleri açılmış giriş kısmında duraksayarak masalara baktı ama tanıdık bir yüz yoktu. Sonra uçsuz bucaksız sahil şeridinin izlenebildiği üst kata yöneldi. Heyecandan ya da sarf ettiği efordan terlemeye başlayan ensesinde elini gezdirirken üst katta da tanıdık bir yüz göremedi. Buluşma saatine yedi dakika kala kafeye ulaşabildiği için kendini tebrik etti. Boş olan masalardan birine ilişirken cep telefonunu ve babasına ait külüstür arabanın anahtarını cebinden çıkarıp masaya koydu. Yanına gelen garsona arkadaşını beklediğini söylerken refleks olarak telefonunun ekranına dokunup kontrol etti. Yeniden başlayacaklardı. Birazdan gerçekleşecek olan buluşmanın ardından yaşanacak huzur belki birkaç gün sürecekti ama değerdi. Zaten hiç gerçek bir ayrılık yaşamamışlardı. Elif'in balansıyla oynayan varlığı dışında, acımasızca terk edecek bir ruhu yoktu. Cam kenarında kalan masadan etrafı izlerken dalıp gittiği bir noktada hareketlilik görünce kendine geldi. Elif'ti. Sanki katilini bekleyen bir kurban gibi Elif'in kendisine doğru attığı her adımda biraz daha heyecanlanırken, bir yandan kıza hemen sarılmak istiyor bir yandan da onu kendisine getiren bu adımları izlemekten keyif alıyordu. Bu mesafeden bile kızı canlı canlı gören beyni, olumsuz konuşan iç sesini öldürüvermişti. Aralarındaki mesafe azaldıkça, kızın giydiği sarı tişörtü, boynuna bağladığı onlarca deri kolyeyi, fileli çorabının üzerine geçirdiği kot eteği ve simsiyah saçlarının aralarındaki mavi gölgeleri daha net seçebildi. İlk başlarda küçümsediği ne varsa, şimdi özlüyordu. Ojeleri silinmeye başlamış tırnaklarını, simsiyah gözlerinin altına çektiği yarısı akmış siyah göz kalemini, hatta yaz günü giydiği kahverengi deri çizmelerini...

Ortak olan noktalarından tutulmuşlardı birbirlerine. Elif asiliğini giyim tarzıyla dışa vururken, kendisi de köşeler çizmişti karakterine. Başkalarıyla zor anlaşan ama birbirlerini bulduklarında bunun başkalarının sorunu olduğunu anlayan iki kayıp ruh bir aradaydı ve Elif şu an tam karşısındaydı. Uzun bacaklarıyla masayı devirmemeye dikkat ederek ayağa kalkıp, kendi gövdesine kızın başını yasladı. Kalbinin atışını tam olarak duyabileceği bir yere denk gelmişti başı. Bu anın ölümsüz olmasını isteyerek öylece birkaç saniye bekledi ama kollarının altında kuş gibi çırpınan kızın canını yakmaktan korktuğu için gövdesini geriye çekti. Mutluluktan çıldıracak gibi olduğundaysa, Elif'in çoktan karşısında bekleyen sandalyeye oturduğunu fark edip az önce kalktığı yere çöktü. İlk kim konuşmalıydı? Önce sipariş için garsonu mu çağırsaydı? Beyninden birkaç şey geçirip, sonra da hiç aklında olmayanı söyleyen tüm erkekler gibi kısa ve net bir cümleyi kurmak için boğazını temizledi ama soğuk gözlerle yüzüne bakan Elif önce davranmıştı.

-Israrcı bir şekilde beni aramandan bıktım Mert. Buraya ciddi ciddi konuşmaya geldim. Biz ayrıldık, bunu kabullensen iyi olur.

Ama eğer Mert konuşabilseydi, "Özledim." diyecekti. Gözleri dolmaya başlarken içinden sessizce söylendi. Bu kez gerçekten ayrılmışlardı. Her şeyin bittiğini anlayan beyni gözlerinin önüne karanlık bir perde çekerken, hayatının en büyük hayal kırıklığını yaşadığını fark etti. Şimdilik en büyüğünü...

* * *

-Mert...

Her seferinde sesinin ayarını biraz daha yükselterek evin içine doğru birkaç kez seslendi. Az önce askıdan aldığı gömleği üzerine geçirirken, bir yerlerden cevap gelmesi ihtimaline karşı birkaç saniye sessizce bekledi. Sonra hızlı adımlarla mutfağa yönelip, ocağın başında dikilen karısına sordu.

-Mert'i gördün mü?

-Odasındadır, uyandırsana hadi, kahvaltı hazır olmak üzere.

Gömleğinin düğmelerini ilikledi.

-Odasında yok, yatağı da bozulmamış.

Kadın tavada çevirdiği patateslerin üzerine, tabakta beklettiği yumurtaları ekledi.

-Belki bir arkadaşında kalmıştır.

Kadının söylediğini duymamış gibi kendi kendine kısık sesle söylenen Serhan, mutfaktan çıkıp salona yönelerek cep telefonunu aramaya başladı. Kumanda sehpasının üzerinde bulduğu telefonundan oğlunun ismini tuşladı. Art arda üç defa aramasına rağmen her seferinde telesekreter çıkmıştı. Huzursuz adımlarla mutfağa girip, sonra aniden vazgeçerek bütün evi, balkonları hatta üst katta kalan ardiye odasını bile kontrol etti. Bir yandan yatak odasındaki askıdan aldığı ceketini giyerken bir yandan da hızlı adımlarla bahçeye inerek görmemesi gereken bir şeyi görmüş gibi yüzünü asıp mutfağa döndü.

-Araba da yok.

-Hayatım, Mert yirmi bir yaşında.

-Sorunun yaşı olmadığını biliyorsun Şule.

-Çocuk muamelesi yapma ama.

-Sence yetişkin muamelesini hak ediyor mu?

Altı yaşındayken annesi gözlerinin önünde intihar etmişti Mert'in. Salonun ortasına kurdukları oyun çadırında eğlenen çocuğa kendisini izleyerek beklemesini söylemiş ve klasik müzik eşliğinde sabahlığının şifon eteklerini uçuşturarak tül perdelerin arasından ağır adımlarla yürüyüp kendini beşinci kattan boşluğa bırakıvermişti kadın. Âdeta bir törenle hayata veda etmiş ama arkasında küçük bir seyirci bırakmıştı. Tam da istediği gibi ömrü boyunca yokluğunu unutamayacak, hatta belki kendi hayatına bile adapte olamayacak bir tanık. Borderline kişilik bozukluğu tanısı konulan kadın daha önce de farklı yöntemlerle sonucu kesin ölüme götürmeyecek bilek kesme, ilaç içme gibi intihar yöntemleri denemiş ve istediği ilgiyi her defasında üzerine çekmeyi başarabilmişti. Ne kadar sevilirse sevilsin asla tatmin olmayan dünyalar güzeli bir kadın ve ona çaresizce âşık olmuş bir adamın evlilik hikâyesi, altı yaşında annesiz kalan bir çocuk ve psikolojisi bozulmuş o çocuğa tüm hayatını adamış bir babanın hikâyesine dönüşüvermişti. Yıllar süren psikiyatrik tedaviler Mert'in çocukluk travmalarını kısmen de olsa atlatmasına yardım etmiş ama hiçbir zaman normal bir birey gibi kendi kendine yetmesini sağlayamamıştı. Sanki annesinin ölümünden sonra fiziksel değil ama ruhsal gelişimi daha da yavaşlamış ve diğerlerine göre on yıl geriden yaşamaya başlamıştı hayatı. Yirmi bir yaşındaki bedeni büyümüş, boyu uzamış, sakalları yüzünün yarısını kaplayacak bir genç yetişkin, ortaokul çağlarındaki bir ergen kadar tutarsız hareket ediyordu. Yaptığı en iyi şey, okuldan sonra eve gelip kendisini odaya kapatmaktı. Uzun süre anlaşabildiği tek bir arkadaşı yoktu. Asabiyeti ergenlikle doruk noktasına ulaşmış ama bir türlü oradan inmek bilmemişti. Babasıyla bile gündelik konulardan konuşamıyorlardı. Sürekli olarak laf sokma çabasında yaşadığı için insanları üzmekten zevk alıyor ve ilgiyi üzerinde tutmak için evde de bir şekilde sorun çıkarmayı başarıyordu.

Özellikle babasının geçen yıl yaptığı ikinci evlilik sonrası kendini daha da değersiz hissetmiş, hatta annesinin ölümüyle ilgili bile babasını suçlamaya başlamıştı. Eğer annesi hasta bir kadınsa, ondan çocuk yapan babası da en az onun kadar hasta olmalıydı. Mert'in kendisine yöneltiği suçlamaları aklından geçirirken, eski karısıyla yaşadığı dönemi de detaylı olarak sindirmeye zamanı olmuştu. Öfkesini ve nefretini uçlarda yaşayan biri aşkını ve tutkusunu da bir o kadar uçlarda yaşıyor, ilişkinin erken dönemlerinde çok güzel bir kadın tarafından daha önce hiç hissetmediği bir tutkuyla sevilmek erkeğin de başını döndürüyordu. Hem kavgalarının başladığı dönemlerde, ilişkisi olan diğer arkadaşlarının da çok mutlu göründüğüne tanık olmamıştı. Herkes hayatındaki insanın bir ya da birden fazla yönünden şikâyet edip duruyordu. Uzun süreli beraberlik yaşayan erkeklere göre bazı kadınlar aşırı kıskanç, bazıları anlamsız öfkeli, bazıları da kendini temizliğe, spora, kadın arkadaşlarına ya da kuaför ve makyaja adadığı için ilgisiz görünürlerdi. Ayrıca psikiyatrik hastalıkların birçoğu kişiyi zamanla ele geçirirdi. Hiçbir normal birey, ertesi gün uyandığında delirmiş olarak gözlerini açmazdı dünyaya. Eski karısında da durum böyle olmuştu. İlk başlarda öfke nöbetlerini Serhan'ın işi, eve geç kalışı gibi sebeplere bağlarken, sonraları Serhan'ın hayatında hayali metresler olduğuna kadar vardırmıştı. İlk yıl öfke esnasında, sadece sesi yükselen kadın ikinci yıl Serhan'a tüm gücüyle vurmaya başlamıştı. Sürekli olarak içinde bulunduğunuz bir durumda, okun yaydan ne zaman fırladığını anlayamıyor ve sizden dilenen her özürde sizi üzen durumların bir daha yaşanmayacağına inanıyordunuz. En kötüsü de, kontrollü gelişen deliliğin, zamana yayıldığında normal gibi gelmeye başlamasıydı.

Masaya bıraktığı telsizinin sesini kısarak, isteksiz bir yüzle önce kahvaltı masasına sonra da masada kendisini bekleyen karısına baktı.

-Bir yerlerde kalacağı zaman mesaj atmasını söylemiştim.

Şule gülümseyen bir yüzlc, yumurtaları servis etmeye başladı.

-Hadi hayatım, işe geç kalacaksın.

Bahçe kapısının açılmasıyla bütün ilgileri o tarafa yöneldi. Kapı sert bir şekilde kapanırken, ayakta bekleyen Serhan, Mert'in içeriye girmesini beklemeden kapıya koştu.

-Neredeydin Mert?

Babasını görmezden gelerek cevap vermeyen çocuk, üst kat merdivenlerine yönelince Serhan sesini yükseltti.

-Kahvaltı seni bekliyor.

Arkasını dönmeyen Mert mırıldandı.

-Aç değilim.

-Dersin yok mu senin?

-Yok.

Serhan bu kez sesini daha da yükseltti.

-Hemen o kahvaltı sofrasına oturuyorsun.

Yine cevap vermeyen Mert, solgun görünen yüzüyle isteksiz adımlar atarak kahvaltı masasına oturdu. Aldığı alkolün nefesinden yayılan kokusu tüm mutfağı sarmıştı ama kimse buna yorum yapmadı. Tabağında bekleyen patatesli yumurtaya çatalıyla dokunduktan sonra konuştu.

-Patatesli yumurtayı annem yapardı.

Zaten gergin olan ortamı yumuşatmak istercesine anlayışlı bir ses tonuyla Şule cevap verdi.

-Ben patatesli yumurtayı annen yaptığı için değil, baban sevdiği için yapıyorum.

Mert, kadını duymazlıktan geldi.

-Girişteki panoda asılı resimleri de kaldırmışsın.

-Sadece resimleri değil, panoyu kaldırdık. Duvarı yıkıp mutfakla birleştirmeyi düşünüyoruz. Değişiklik güzeldir Mert. Annenle olan resimlerini kendi odanın her köşesine koyabilirsin.

-Bu evdeki hiçbir erkeğin seni annem kadar sevmeyeceğini biliyorsun!

Serhan:

-Mert yeter!

Mert babasını duymamış gibi konuşmaya devam etti.

-Bir yandan annemin hatıralarını yok edip bir yandan da ona benzemeye çalışıyorsun. Yemekleri bile annemin tarzıyla yapıp, saçlarını sarıya boyatıyorsun.

Kadın saçlarına tiksinen gözlerle bakan Mert'i süzdü.

-İnsanları dış görünüşleriyle aşağılaman hiç hoş değil.

-Asıl sen anneme benzemeye çalışarak kendini aşağılıyorsun.

Serhan:

-Mert, yeter dedim!

-Özür dilerim ya. Bir psikiyatr ile bir komiserin aşk dolu kahvaltılarını böldüğüm için özür dilerim. Bu evde hep aklı başında konuşmalar yapıldığını unutmuşum.

Derin bir nefes alıp ekledi.

-Aranızda aşk olmadığını da görebilecek kapasiteye sahibim.

Ayağa kalktı.

-Sana iyi davranan ilk kadına bağlanacak kadar acizsin baba. Hiçbir çekim hissetmediğin psikiyatrınla evlenecek kadar aciz.

Sert davranmanın yararı olmayacağını bilen Serhan, kendine hâkim olmaya çalışırken elinde tuttuğu çatalın metal sapını kırarcasına sıkmaya başladı. Sebepsiz öfkeleri ve öfkelendiğinde ağzına geleni söyleme şekli ne kadar da annesine benziyordu.

Şule'yle göz göze geldiklerinde Mert çoktan mutfağı terk edip üst kattaki odasına çıkmıştı bile. Birkaç dakika süren sessizliğin ardından kendini konuşmaya zorlayan Serhan, Şule'ye döndü.

-Özür dilerim.

Şule Serhan'ın yumruk yaptığı eline dokundu.

-Önemli değil.

Mert'in annesine duyduğu tutkunun en ufak bir zerresini bile hissetmeden minnet duygusuyla baktı kadına. Dünyalar güzeli ama psikolojik sorunları olan bir eşin ardından huzur aramıştı sadece karşı cinste. Hayatının mahvolan sekiz yılının etkileri hâlen üzerindeyken ve Mert gibi travma yaşamış bir evlada sahipken, korkmuştu yeniden âşık olmaktan. Eve biraz geç geldiğinde bile ağlama krizleri geçiren, ne kadar ilgilense de asla yetinmeyen, doktorun verdiği ilaçları kafasına göre içmeyen, çocuğu bahane edip terapilere gitmeyen, Serhan'ı cezalandırmak için kendine zarar veren bir kadınla geçmiş hayatının sekiz yılı ve etkisini unutmaya çalıştığı ömrünün geri kalanı...

Düşüncelerinden sıyrılıp saate baktığında birden yaşadığı hayatın gerçeklerinden kocaman bir tokat yemiş gibi sersemleyerek hızla ayağa kalktı. Bir saat sonra ifade vermek için merkezde olması gerekiyordu. Mert'le ilgili Şule'ye tek kelime etmeden evden ayrıldı. Psikiyatr olan yeni karısı böylesi durumlarda oğlunu emanet edebileceği en güvenilir kişiydi. Hem nasılsa akşama her şey normale dönmüş olacaktı. Yarının ne getireceğini bilemese de akşam sıkıntı yaşanmayacaktı. Kontrollü bir delilikle sorun çıkarma konusunda annesine benzeyen Mert'in bir sonraki adımında pişmanlık duyacağını biliyordu. Ömrünün en karanlık sekiz yılında da hep böyle olmuştu.

* * *

Bir süre hiç hareket etmeden öylece önünde bekleyen sofradaki detayları izledi. Jaluzinin aralık kısmından içeriye dolan güneş ışığının etkisiyle daha net görebildiği peynirin üzerinde dolaşan toz zerreciklerini, kabukları büzülmeye başlayan domatesleri, tabağa tam oturmadığı için reçelin içine doğru kayan metal kaşığın milimetrik hareketini... Kendi isteğiyle geldiği bu evde yaşanan her kavgadan sonra yalnız kaldığında dakikalarca hareketsiz bekleyerek etrafı seyretmeyi alışkanlık hâline getirmişti. Ruhunu mengene gibi sıkan ve âdeta hayati bir tehlikenin içinden geçmiş gibi hissettiren tüm zamanlarda böyle davranırdı. Tıpkı hareketsiz kalarak hayata yeniden tutunan geyikler gibi... Aslan tarafından yakalanan bir geyiğin kurtulma şansı neredeyse yok denecek kadar azdı ama boynu sivri dişler tarafından kenetlenmiş olan geyik, can havliyle çırpınmayı değil de hareketsiz beklemeyi başarabilirse, avının boğulduğunu düşünen aslan, bir anlığına çene kaslarını gevşetir ve geyik de o bir anın içinde yeniden atağa kalkıp koşabilirdi. Hayatın tehlikedeyken, beyninin emrettiği gibi çırpınmak yerine kontrolü kaybetmeden numara yapmak mucizevi bir güç gerektirirdi. Ölümün yaklaştığını bağıran içgüdüler; harekete geçmen için her türlü fiziksel desteği sağlar, adrenalin salgılatır, daha hızlı koşman için kasları uzatır ve normalde sahip olamayacağın o enerjiyi bedeninde toplardı. Belki de en zoru, bu kadar enerjiye sahipken, avcının bir anlık gaflete düşmesini beklemekti. Gerçek cesaret, o birkaç dakikalık beklemenin ta kendisiydi.

Küçükken izlediği belgeseldeki geyikleri aklından geçirirken, dünya üzerindeki her kurban gibi çırpınmayı tercih ettiğini bir kez daha kabul etti. Sadece düşünmek için beklemek anlamsızdı. Cesur değildi ve defalarca öldürülmüştü. Bir insanın ölmesine yetecek kadar büyük bir acıyla yaşamaya devam etmesi, serinkanlı cesaretini de silip götürüyordu. Şimdi aciz varlığıyla, Serhan'ı bu kadar çok sevdiği için geçmişte kalan hatalarını tekrar yapmaktan korkuyor ve içindeki canavarın uyanmaması için olumsuz düşüncelerini bastırmaya çalışıyordu. Aralarına girecek olan her şeyi kısa zamanda yok edecek ve Serhan'ı sonsuza kadar kendisine bağlayacak planları yapması sadece beş dakikasını alırdı. Bundan emindi çünkü geçmişi tecrübeyle sabitlemişti. Yirmi sene önceki Şule'yle övünmüyor, onu öldürmek için çaba veriyor ama içinde beliren kıskançlık duygusuna da hâkim olamıyordu. Yedi yaşındayken babasını trafik kazasında kaybettiğinde, kendisinden iki yaş küçük kız kardeşi ve annesinden başka kimsesi kalmamıştı hayatta. Babasının kaybının ardından felç geçiren annesi de yatağa bağımlı olunca, evin tüm bakımını sağlamak minik Şule'ye kalmıştı. Neredeyse kendi ağırlığına yakın döküm havruzları, kürdan gibi zayıf kollarıyla annesinin altına sürüyor sonra oluşan kötü kokuyu yok etmek için banyoda bulduğu beyaz sabunlarla, kadının erimeye başlamış uzuvlarını bütün gücüyle siliyordu. Hemşirelerin ve yardım getiren devlet görevlilerin eve geldiği zamanlarda komşu teyze eve geliyor ve Şule'nin işlerini birkaç saatliğine de olsa devralıyordu. Bu yaşta bir çocuğun altına girdiği yükün devlet tarafından fark edilmesinden korkan annesi, Şule'yi sıkı sıkı tembihliyordu. Evde çiş temizlediğini birilerine söylediğinde, devlet gelip Şule'yi de kardeşini de evden alıp götürürdü. Gönülden verilen sadaka gibi gizlice, okuldaki arkadaşlarına, öğretmenlerine, hatta haftada ancak bir iki kere eline alabildiği plastik bebeğine bile söylemeden gizlice bakıyordu annesine ve kardeşine. Aylar sonra sürekli yatmaya bağlı olarak annesinin belinde ve bacaklarının üst kısmında açılan yatak yaralarına hemşirelerin komşu teyzeye gösterdiği şekilde pansuman yapıyor, bazen gazlı bezleri kaldırdığında etlerin arasından görünen kemiğe bakınca, bazen de dezenfektan ilaçlardan yayılan koku genzine kaçınca banyoya koşarak öğüre öğüre kusuyordu. Hafta içi her gün ders çıkışı körebe oynayan arkadaşlarını yararak eve koşuyor, eve geldiğinde kardeşinin ağlamadığını ya da annesinin havruzunu bir yerlere devirmediğini görünce içini çılgınca bir mutluluk kaplıyordu. Yıllar böylece geçerken, çelimsiz bir çocuk olan kardeşi dünyalar güzeli bir ergene dönüşüyor ama Şule ölen babasının fiziksel özeliklerini aldığı için kardeşinin tam zıddı, çirkin sayılabilecek, agresif bakışlı bir genç kız oluyordu. Artık ellerini ve ayaklarını kısmen de olsa oynatabilen, hatta evin dışına çıkamasa da yürümeye başlamış olan annesini evde yalnız bıraktığında aklını derslerine verebiliyor ama gittikçe güzelleşen kız kardeşinin evden bağımsız yaşamaya başlamasını kabullenemiyordu. Bütün çocukluğu, nefes aldığı her dakika, buz gibi sularda elleri parçalanırcasına yıkadığı çamaşırlar, kendi ağırlığından katbekat fazla olan annesine yaptığı bakımlar hep bu aileyi bir arada tutmak için değil miydi? Okul çıkışında koşa koşa eve giderken, kardeşinin artık Şule'yi dinlememesini ve kendisinden hoşlanan en popüler çocuklardan biriyle saatlerce gezebilmesini aklı almıyordu. Oysa yaşıtı olan tek bir erkek tarafından ilgi görmemiş, okuldaki derslerinde ortalamanın altında kalmış, kardeşi gibi bukle bukle saçları olmadığı için yabancılar tarafından ağız dolusu maşallah denmemiş varlığını mutlu eden tek şey, annesinin ve kardeşinin ihtiyaçlarını giderdikten sonra yüzüne minnetle bakmalarıydı. Bir gece eve çok geç dönen kız kardeşini sinirle kolundan kavradığında gerçekler suratına tokat gibi çarpmıştı. Çirkindi, çelimsizdi, başarısızdı ve bu evde annesiyle birlikte ölmeye mahkûmdu. Dayanamıyordu kardeşi, artık bu evde yaşamaya katlanamıyordu ve ilk fırsatta zengin ve yakışıklı çocuklardan biriyle gidecekti. Hem de çok uzaklara gidecekti. O gece iki göz odalı evlerinde, annesinin yatağının yanındaki kanepede sabaha kadar oturup düşündü. Bir çözüm bulmalıydı. Ailesini bir arada tutmak ve geçmişte olduğu gibi kardeşini kendisine minnet dolu gözlerle baktırabilmek için bir çözüm... Ertesi sabah kahvaltıda kardeşinin içeceğine annesinin kullandığı tansiyon düşürücü ilaçlardan birini çeyrek doz olarak attı. Sonraki günler pek bir etkisi olmadığını görünce dozu yarıma çıkarıp, tüm gün girdiği derslerde kapının aniden açılmasını ve kardeşiyle ilgili bir haber gelmesini bekledi. Beklediği haber gelmiyor ama günden güne benzi soluklaşan kardeşi artık okul çıkışı direkt eve dönüyor ve zamanının çoğunu uyuyarak geçiriyordu. Neredeyse istediği olmuş, kardeşi yeniden çocukluğunda olduğu gibi Şule'nin bakımına muhtaç biri hâline gelmişti. Dozu biraz daha artırmakta zarar yoktu. Hem Şule her şeyi ailesi için yapmıyor muydu? İki gün boyunca kahvaltıda tam doz tansiyon hapı içen kardeşi en sonunda okul koridorunda fenalaşınca hastaneye kaldırılmış ve nabzı alınamadığı için hastaneye akın eden hocaları ve Şule'den ayrılarak sağlık personeli tarafından yoğun bakım odasına götürülmüştü. En çok kendisinin ağladığını hatırladı o manzaraya. Hıçkıra hıçkıra, avazının çıktığı kadar... Herkes kardeşini unutmuş, kimsesiz oldukları bilinen kızlardan büyük olanı Şule için üzülmeye başlamıştı. Ağladıkça derste yüzüne bile bakmayan hocaları tarafından sırtı sıvazlanıyor, okulun en yakışıklı çocukları tarafından ilgiyle izleniyor, hatta en popüler kızlar ağlamasına eşlik ediyordu. İlk defa bir topluluğa hükmettiğini hissederek zevk aldığını kimselere belli etmeden saatlerce ağlamıştı. Birkaç gün sonra kardeşinin sebebi anlaşılamayan bir hastalık yüzünden düşen tansiyonu dengeye getirilince taburcu edilmişti. Eve geldiklerinde annesi de, kardeşi de Şule'ye minnet dolu gözlerle bakmıştı yine. Sonsuza dek süreceğini düşündüren minnet... Ama rüya uzun sürmemişti. Ertesi hafta eve gelen hemşirelerden biri, annesinin düzenli kullandığı tansiyon ilaçlarının anormal şekilde azaldığını fark edip kardeşinin hastalığını da öğrenince tutanak tutmuş ve durumu polisle paylaşınca yapılan adli araştırma her şeyi ortaya çıkarmıştı. Polisler önce kardeşinin intihar ettiğini düşünerek küçük kızı sorguya almış ama sonra Şule'den gelen itirafla soruşturma başlar başlamaz kapatılmıştı. Şule ıslah evine yollanırken kardeşi de yetiştirme yurduna verilmişti. Birkaç ay sonra annesinin ölüm haberini aldığında genzine beyaz sabun kokusunun dolduğunu hissedecekti. Sadece bu. Ağlamamıştı, kendini parçalamamıştı, hatta acı bile duymamıştı. Nerede yaşadığını bilmediği ve aramayı göze alamadığı kardeşinden başka tek bir akrabası yoktu. Islahevinden sonra liseye devam etmiş ve tıbbı kazanarak psikiyatri bölümünde ihtisasını yapmıştı. İnsanların kendisine muhtaç olmasından her zaman haz duyardı. Ama ilk kez Serhan kadar özgüvenli ve mükemmel sayılabilecek bir erkek tarafından beğeniyle karşılanmıştı. Mert'in suratına sürekli tokat gibi çarptığı cümleler doğru değildi. Serhan gibi bir adam âşık olmadığı bir kadınla asla evlenmezdi. Kendisine terapiye geldiği zamanlarda dürüstçe anlattıklarından eski karısına nasıl âşık olduğunu biliyordu. Şüphesiz Şule'ye de âşıktı. Hem kocasının, bir zamanlar sadece doktor ve hasta ilişkisi içindelerken kendisine aşkla bahsettiği sarı saçlı, pürüzsüz tenli ve renk renk elbiseler giyen eski karısına benzemekten zevk alıyordu. Koskoca evrende bile her şey benzerinde tezahür ediyordu. İnsanoğlu bedenleri, fizikleri ya da şekilleri kıskanmazdı. Sevdiği ve onayını beklediği kişinin aklını meşgul eden her şeyi kıskanırdı. Bazen ölüp gitmiş bir kadının güzel hatırlanan tarafı da kıskanılacak kadar gerçek algılanırdı.

* * *

Ellerinin terlediğini fark ettirmemek için masanın altında ritmik hareketlerle oynattığı bacaklarının arasına gizledi. Sonra da ifadesiz bir yüzle karşısında konuşması için bekleyen adama baktı.

-Neyi öğrenmek istediğinizi anlamıyorum.

Müfettiş kendinden emin bir şekilde yakın gözlüğünün üzerinden Serhan'a baktı.

-Silahı ilk kim ateşledi?

-Bakın, bunu daha önce defalarca söyledim. Önce adam bana ateş etti. Sonra da ben ona ateş ettim.

-Adamın geçmişinde atış deneyimi olduğuna dair tek bir kanıt yok. Buna rağmen adam seni bacağından vururken, atış konusunda uzman olan sen, adamı kalbinden vuruyorsun.

-Bacağımdaki acının etkisiyle hedefi şaşırmış olmalıyım.

-Hedefi şaşırdığın için de tam on ikiden vurmuşsun.

Müfettiş dalga geçer gibi bir hareketle elinde silah varmış gibi havada tuttuğu iki parmağının ucuna üfledi.

Sinirlerine hâkim olamayan Serhan:

-Adamın atış deneyimi olmadığından eminsiniz ama adamın daha önce tecavüz edip öldürdüğü başka çocuklar da var mı bir türlü emin olamıyorsunuz.

Kurduğu cümlenin üzerine, müfettişin önündeki kâğıda bir şeyler karaladığını görünce iyice sinirlendi ama kendisine hâkim olmazsa her şey aleyhine dönecekti. Derin bir nefes alıp anlayışlı bir ses tonuyla toparlamaya çalıştı.

-Bakın, adamın çocuk katili bir pedofil olduğunu biliyoruz ama bunun dışında profiliyle ilgili birçok konuya hâkim değiliz.

Kafasını önündeki kâğıtlardan kaldırmayan müfettiş, söylendi.

-Çocuğa tecavüz eden sapığı olay mahallînde yakalayan komiser, öfkesine hâkim olamayarak adamı vurur. Tek seferde, tam kalbinden...

Meslek hayatı boyunca yüzlerce soruşturma yapmış, ifade almış ve kişileri konuşturmak için zaman zaman şu an müfettişin kendi üzerinde uyguladığı suçlama yöntemini denemişti. Öfke anına denk düşen bir cinayeti işlemiş olup olamayacağı, kendisine yöneltilen suçlamalara vereceği tepkilerle ölçülürdü. Bu yöntem her zaman kesin bir sonuç vermese de sorguyu yapana bir sonraki adımda nasıl ilerlemesi gerektiğini gösterirdi. Öfkelenmenin değil, sonuna kadar inkâr etmenin zamanıydı. Çünkü karşısındaki müfettiş de Serhan da sapığı kimin, ne şekilde öldürdüğünden emindi. Geçen yıl meydana gelen bir çocuk kaçırma olayında, suçun izini sürerlerken ekipler farklı yönlere dağılmış ve eski bir seranın bulunduğu araziden ilerleyen Serhan, tecavüzcüyü baygın olan çocuğun üzerinde yakalamıştı. Tanık olduğu anın hafızasında canlanan görüntüsü, sanki şu an yeniden yaşanıyormuş gibi ensesinde ani bir ürpermeye neden oldu. Adamın pantolonunu toparlamaya çalışırken yalvarmak için kurduğu cümleyi hatırladı. "Ne olur yapma!" demişti. Yerde yatan çocuk da dilinin döndüğünce bunu diyebilmiş miydi? Hiç düşünmeden tetiği çekerek adamı tek seferde yere sererken arkasından olay mahallîne giren yardımcısı Murat, Serhan'ın şoktan titremesine aldırmadan bir plan yapmıştı. Aracında taşıdığı ruhsatsız silahı adamın eline tutuşturarak Serhan'ı bacağından vurmuş ve komiserinin tecavüzcüyü öldürmesini nefsi müdafaa olarak göstermeye çalışmıştı. Önce adam ateş etmişti ve Serhan da kendisini korumak için tetiği çekmişti. Yapılan adli incelemelerdeki detaylı raporlar, kurdukları planda milimetrik sapmalar olduğunu gösterince, Emniyet Amirliği olayı derinden araştırması için başlarına bir müfettiş göndermişti. Şu anda karşısında oturduğu egosu fazlaca şişkin olan müfettiş... Diğer taraftan tecavüzcü katilin yaşamayı hak etmediği bir gerçekti ama adamı öldürerek daha önce işlediği suçların ortaya çıkma ihtimallerini de öldürmüştü. Yüreğinin tam ortasında derin bir pişmanlık hissetti. Öldürdüğü sapık, hâlen kayıp olarak aranılan binlerce çocuktan belki de birkaçına ilişkin bilgi verecekti. Tek bir çocuk bile kendi hayatından daha değerliyken, yaptığı geri dönüşü olmayan hata yüzünden kendini sonsuza kadar affedemeyeceğini düşündü. Tüm bunlar yetmezmiş gibi bir de tecavüzcüyü vurduğu haberleri, ertesi gün sosyal medyada viral hızla yayılmaya başlamıştı. Geçen yıldan beri gerçekleşen her tecavüz olayında, halk tarafından örnek gösterilen ismi ve profilden görünen tek bir fotoğrafı herkesin dilindeydi. Polis merkezlerine kendi adına onlarca teşekkür mektubu gönderilmişti. "Tecavüzcüyü olay anında öldürerek, minik çocuğu kurtaran kahraman polis, ayağından vuruldu." Günlerce bu başlık ve altına yazılan yüz binlerce yorum, magazin sayfalarının bile tek paylaştığı haber olmuştu. Aklından bunları geçirirken, önünde biriken kâğıtları toparlamaya başlayan müfettişin hareketlenmesiyle Serhan da ayağa kalktı.

Ama adam, oturduğu yerden gözlerini Serhan'a dikti.

-Bir yere mi gidiyorsunuz?

Yaklaşık bir saattir hep aynı sorulara cevap vermek ve yaptığı hatanın defalarca yüzüne vurulması canını yeterince sıkmıştı. Ekibiyle takip ettikleri yeni vakanın araştırmalarına devam etmesi, Şule'yi arayarak evde her şeyin kontrolde olduğunu öğrenmesi ve acilen temiz hava alması gerekiyordu. Sıkıntıdan dikildiği yerde de bacaklarıyla garip bir ritim tutturmuşken adamın sesiyle kendine geldi.

-Bir süre ekibinizle birlikte istirahat edeceksiniz.

-Anlamadım?

-Herhangi bir dosya takip etmeyeceksiniz.

-Oldu olacak meslekten de men edin.

Tekrar toparlamaya çalışarak devam etti.

-Bakın, beni suçlamanızı ve cezalandırmanızı anlayabiliyorum ama ekibime bunu yapmaya hakkınız yok.

-O gece olay yerine ilk senin ekibin ulaştı. Eğer ortada bir suç varsa, bütün ekip bunun şahidi ama herkes aynı şeyleri tekrarlayıp duruyor.

-Herkes ne gördüyse onu söylüyor.

-Ya da ekip arkadaşını satmak istemiyor.

Müfettiş net bir ses tonuyla ekledi:

-Kurşun senin silahından çıktığı için ekibinin başına gelecek her şeyin sorumlusu da sensin.

İşte bu hiç iyi olmamıştı. Ekibiyle birlikte cezalandırılmak çalıştığı genç polislere karşı adaletsiz bir tutumdu. Kendi hatası yüzünden yeterince vicdan azabı çekerken bir de üzerine başkalarının sorumluluğu ekleniyordu. Müfettiş gerçekten de sandığından zeki bir adamdı. İki amacı vardı. Ya Serhan'a daha fazla vicdan azabı çektirerek suçu itiraf etmesini ya da ekipte küçük bir ayaklanma yaratarak birilerinin Serhan'ı ihbar etmesini sağlamak istiyordu. Dosyayı koltuğunun altına alan müfettiş oturduğu yerden son bir kez daha keskin gözlerle yüzüne baktı. Adam profesyoneldi ve sadece fazlaca şişkin egosu yüzünden hata yapabilirdi ama şu an bulundukları konumda bir tek Serhan'ın hata yapması sonuçları değiştirirdi. Ayağa kalkan adamı hareketsiz şekilde dikildiği yerden izledi. Hiç konuşmadan kapıyı açan adam tam dışarıya çıkacakken, geri gelmeyeceğinden emin olmak isteyen Serhan;

-Bitti mi? diye sordu.

Müfettiş kapıdan çıkarken yüksek sesle söylendi.

-Daha yeni başlıyoruz komiser.

2.
BÖLÜM

Her şeyi bilmek için erkendi belki. Bilmeler yaşamalardan geçerdi ve biz önce yaşayacaktık.

-Hasan Ali Toptaş

Bugün tam beş gün olmuştu.

Kafede buluştukları gün ansızın gelen ayrılık kararının üzerine Elif'i aramaya devam ettiği beşinci gün. Hiçbir yerden ulaşamamak deli ediyordu. Kızla ilk buluştukları gün oturdukları parkın etrafına geldi yeniden. "Evimiz bu parkın hemen paralelinde." demişti kız. Gündüzden başlayarak parkın kilometrelerce uzağına açılan bir güzergâhta dolaşmaya başlıyor, en son tekrar parkın önüne gelerek Elif'e benzettiği her siluette heyecanlanıp hareketsiz bekliyor ama her defasında hayal kırıklığına uğruyordu. İnternet üzerinden tanıştıkları için kız hakkında çok az bilgiye sahipti ve ayrıldıkları gün Elif'e ait tüm hesaplardan engellenmişti. Düzenli olarak gittiği herhangi bir yer bilmiyordu. Ortak arkadaşları yoktu. Buluştukları kafelerden birçoğuna sormasına rağmen kızı gören olmamıştı. Birlikte oldukları zamanlar, babasından çekindiği için Mert'in eve arabayla bırakmasını da istememişti. Giyim tarzı, asi imajı ve geç saatlere kadar dışarıda kalmasına izin veren babasının, neden sadece eve bir erkek tarafından bırakılırken sorun çıkaracağını sormayı da akıl edememişti.

Neyi çok sevse uzaklaşıp gidiyordu işte. Görünmez oluyordu yanında kalmasını istediği tüm ruhlar. Yıllar önce annesi tarafından terk edilmişti. Aynı yenilgiyi bir kez daha kaldıracak gücü yoktu. Elif'i sonsuza kadar göremeyeceğini düşündüğünde, tüm dünya kapkaranlık bir hâl alıyor ve sanki bir yerlerden nefesini tıkayan bir gaz salınmışçasına göğüs kafesi daralıyordu. Arabanın ışıklarını söndürerek parkın kuytu köşesinde beklemeye başlayalı iki saatten fazla zaman geçmişti ama evde beklemekten daha iyi geliyordu bu durum. Yürüyüş parkurundan geçen her cılız bedene, minibüsten inen yüzlere hatta apartman balkonlarında oturan insanlara bile belki tanıdık bir şey görürüm umuduyla bakıyordu. Sonra aniden cebinde titremeye başlayan telefonu hissetmesiyle elini cebine götürüp telefonunu aldı. Arayan babasıydı. Açmazsa daha çok endişelenecek ve defalarca aramaya devam edecekti. Kısa ve net cümlelerle geçiştirmek en güzeliydi. Öyle de yaptı. Adamı başından savdıktan sonra, yeniden etrafa odaklandı. Sabahtan beri düzensiz aralıklarla içtiği viski yüzünden yemek borusunda şiddetli bir yanma hissetti ama acı geldiği hızla gitmişti. Derin bir nefes aldıktan sonra torpidoya gizlediği şişeyi tekrar çıkarıp büyük bir yudum daha aldı. Şişeyi yerine bırakırken dikiz aynasındaki yansımasıyla karşılaşınca ürperdi. Gözleri çok fazla kanlanmıştı. Sonra aniden aralık olan araç penceresinden içeriye dolan bir kahkaha, elindeki şişeyi bacaklarının arasında bir yere düşürmesine sebep oldu. Elif olabilir miydi? Ani bir refleksle sesin geldiği yöne döndü ama bir kez daha hayal kırıklığına uğradı. Kalp atışı normale döndükten sonra sessizce düşünmeye devam etti. Sahi az önceki kız Elif olsaydı ne yapacaktı? Ne diyecekti? Böyle sapık gibi izini arayıp bulması kızı korkutur muydu? Tesadüf eseri buradan geçtiğini söylese inandırıcı olur muydu? Günlerdir doğru düzgün bir şey yemediği için düşünme yetisini de kaybetmiş, sadece Elif'i bulmaya odaklanmıştı. Ya onu başka bir erkekle görürse? Bu ihtimalin hiç gerçekleşmemesi için yumruklarını sıkıp sessizce dua eder gibi mırıldandı. Düşürdüğü yerden alıp aracın koltuğuna bıraktığı viski şişesinin yanındaki telefonu tekrar titreyince düşüncelerinden sıyrılarak başını o yöne çevirdi. Üniversitenin aynı bölümünde okuduğu arkadaşı mesaj göndermişti. Yarın çok önemli bir sınavları vardı ve Mert'in not tutup tutmadığını soruyordu. Normal zamanlarda yüzüne bile bakmayan kızın yazdığı satırları okuyunca, tiksinir bir ifadeyle telefonu cebine attı. Menfaatleri olduğunda gözlerinde tutkulu bir ışık parlatmayı başarabilen insanların bu sahte yeteneklerinden nefret ediyordu. Defalarca karşılaştığı bu muameleye keskin cümlelerle yanıt verdiği için sevilmediğini biliyordu. Kıza laf sokmak yerine cevap vermemeyi tercih etti. Arkasından dalga geçeceklerini bilse de Elif dışında kimseye ayıracak enerjisi yoktu. Hem okul arkadaşları şu an kendisinden ayrılan kızı köşe bucak aramak için yollara düştüğünü bilse ne derlerdi? Muhtemelen aksi bir ihtiyarın ruhuna sahip Mert'i kendisine âşık eden kızı merak eder sonra da onun bu hüzünlü hâliyle eğlenirlerdi. Kimsenin ne diyeceğiyle ilgilenerek canını daha fazla sıkmak istemedi. Belki bir sigara olsa iyi giderdi. Fazlaca düşünmeden arabadan inip, köşedeki markete doğru yürümeye başladı.

Yabancısı olduğu bu semtte günlerdir beklediği için, ahali tarafından fark edilmek ve yanlış düşüncelere sebebiyet vermek istemiyordu. Kafasını önüne eğip yavaşça markete girdi ve kimseyle gereksiz yere muhattap olmadan sigarasını alıp dışarıya çıktı. Paketi açmak için dişiyle jelatini koparırken başını parka doğru kaldırdı ve gördüğü görüntünün gerçek olup olmadığından emin olmak için gözlerini birkaç kez üst üste kapatıp açtı. Elif... Tüm masumiyetiyle parktaki köşe lambalarının altına konumlandırılmış banklardan birinde oturmaktaydı. Saat epey geç olmasına rağmen, evlerindeki sıcaktan kaçıp parkta hava almak isteyen insan kalabalığının arasından kızı kaybetmemek için yeşillik alana doğru ilerledi ve görünmeyeceğinden emin olduğu bir ağaç gövdesi bulup arkasında beklemeye başladı. Kızı bulmak kadar heyecan vermişti hiçbir şey yapmadan gizlice izlemek. Alkol yüzünden kızaran gözleri ve dağılmış ifadesiyle kızın karşısına çıkmaya hemen cesaret edemedi. Bir yandan her hareketini izlerken bir yandan da ne konuşacağını düşünmeye başladı. Aklından onlarca senaryo geçirdi. Kimisi mutlu kimisi de mutsuz sonuçlanıyordu. Burada böylece beklemeye devam ederse asla harekete geçemeyeceğini düşündü ve anlık bir cesaretle gizlendiği ağacın arkasından çıkıp yürümeye başladı ama Elif de tek hamlede oturduğu banktan kalkmıştı. Mert'i fark ederek harekete geçmesi mümkün değildi. Birbirlerine çapraz şekilde kendi yollarında ilerleyen iki farklı atomu andırıyordu yürüyüş biçimleri. Adımlarını iyice hızlandırıp kızın önünü kesmek için çimlerin içinden geçti ama anayola kendisinden daha kısa sürede ulaşan Elif, beklemekte olan taksilerden birine binmişti bile. Bu saatte taksiyle nereye gidecekti? Bir gece mekânına, yeni tanıştığı bir erkeğin yanına ya da arkadaşlarıyla buluşmaya... Kafasından geçen her ihtimalin sonu, kızın bir yerlerde yanında Mert olmadan eğleneceğine varıyordu. Daha fazla düşünmeden ezdiği çimlerden tekrar geçerek aracına doğru koştu. Kızı bulmuşken bir daha kaybedemezdi. Yüz elli iki. Taksinin plakasındaki son üç haneyi aklına kazıdıktan sonra hızla aracın motorunu çalıştırıp, ana yola çıktı. Birkaç makas attıktan sonra kendisine çalınan kornaların seslerini umursamadan tam önünde seyir hâlinde olan taksiyi gördü. Şimdi sadece kendisini fark ettirmeden takip etmesi yeterliydi. Yaklaşık yedi kilometre boyunca ana yoldan devam ettiler. Kızın evi geride kalan parkın hemen paralelindeyse, evinden bu kadar uzak nereye gidiyordu? İstanbul'un lüks semtlerinden birine doğru ilerlemeye devam ederken sahil yoluna sapan taksiyi aralarında birkaç araç bırakarak takibe devam etti. Sonra dar sokaklara girdiklerinde işi biraz daha zorlaştı. Tahminine göre Elif'in evinden yaklaşık olarak dokuz-on kilometre kadar uzaktalardı. Yokuş bir sokağın köşesinde takip ettiği taksi durunca hemen farlarını söndürerek aracın motorunu durdurdu. Elif'in inmesiyle karanlıkta kaybolan taksinin ışıkları görünmez oluncaya kadar bekledi ama kızın da acelesi yok gibiydi. Önünde indiği yüksek katlı ultra lüks apartmanı bir süre dışarıdan izledi. Daha fakir bir semtte insanlar bu saatte parklara akın etmişken, İstanbul'un lüks semtlerinden birinde hayat neredeyse durmuş gibiydi. Ön bahçesinin çevrili olduğu açık renk demir çitler ve sayabildiği kadarıyla beş katlı olan bina, apartmandan çok malikâneye benziyordu. Daha detaylı incelediğinde balkon gibi kullanılan alanların dışarıdan birleştirildiğini fark etti ve tüm katların tek bir kişiye ait olabileceğini düşündü. Sonra bir de kendi yaşadıkları, kırk yıllık dubleks evi aklına getirdi. Eğer bu ev Elif'in ailesine aitse, aralarında çok büyük maddi uçurum var demekti. Issız sokakta şimdi yalnızca ikisi kalmıştı ve kız, on metre kadar uzağındaydı. Bir tarafı ağaçlık alana bakan, diğer tarafı da mezarlık duvarıyla birleşen sokaktaki malikâneye benzeyen evin tek komşusu, şu an Mert'in arkasında kalan iki katlı evdi. Karşısındaki görkemli yapıya göre çok daha eski ve bakımsız görünen iki katlı evin duvarına bedenini yaslayarak Elif'in hareket etmesini beklemeye devam etti. Birden önüne çıkmak için eline geçen fırsatı kaçırmıştı. Şimdi burada karanlığın içinden belirerek kızı korkutmak istemezdi ama Elif dakikalardır sokağın ortasında yüzünü malikâneye çevirmiş bir hâlde bekleyerek ne yapmaya çalışıyordu? Belki birazdan bir arkadaşı aşağıya inerdi. Sonra aniden hareket eden kızın birkaç adım geriye giderek iki katlı evin önündeki asfaltın çıkıntısına oturduğunu gördü. Ellerini yüzüne kapatmıştı. Sessizliğin içinde küçük bir hıçkırık duyunca da telaşla ne yapacağını bilemedi. Ağlıyordu. Yaşadığı hiçbir durumda mantıklı bir yan bulamazken hızla ne yapması gerektiğini düşündü. Karanlığın içinden çıkarak kıza mendil uzatamazdı. Yine fazlaca düşünemeden belki de aldığı alkolün kanına karışmaya başlamasıyla cesaretlenip bulunduğu yerde hafifçe öksürdü. Varlığını belli ederse kızın korkmayacağını düşündü ama Elif hiçbir tepki vermemişti. Bu kez ayaklarıyla gürültü yapmaya özen göstererek kıza doğru yürümeye başladı ve yeterince yaklaştığını düşündüğünde de seslendi.

-Elif...

Korkarak değil ama hafifçe yüzüne kapattığı ellerini aralayan kız Mert'e baktı. Şaşkınlık belirtisi yoktu. Sadece çok üzgündü ve gözlerinden süzülen yaşlar, sokak lambasının ışığında parıldıyordu. Birkaç adım daha atarak dizlerinin üzerine çöküp, incitmekten korkar gibi kıza dokundu.

-Elif... Neden ağlıyorsun?

Sorduğu soruyla, kızın gözlerinden daha fazla yaş akmaya başlamıştı. Bunu fırsat olarak görmese de sarıldı. Belki karşı çıkardı, belki yine azarlardı ama ikisini de yapmadı. Kızın gözyaşları yüzünden omzunun ıslandığını anladığındaysa aklındaki soruları sormak için sesini yumuşattı.

-Burada ne yapıyorsun?

Birden kafasını geriye doğru çeken kız eliyle karşısındaki evi göstererek çatallı bir sesle yanıtladı.

-O evden almam gereken bir şey var?

-Ne?

-İçeriye girip bana ait olan bir şeyi almalıyım.

-Bunun için mi ağlıyorsun?

Kız masumca başını evet anlamında salladı.

-O zaman zile basalım hadi.

-Olmaz.

-Olmaz mı?

Aldığı yanıtı bir süre sindirmeye çalıştı.

-Hırsızlık mı yapacaksın?

-Hayır.

Alkollü olduğu için hayal görmediğinden emindi. Karşısında oturan kıza çılgın gibi âşıktı ama şu an içinde bulundukları duruma hiçbir anlam veremedi.

-Hadi o zaman şimdi gidelim. Yarın daha uygun bir saatte tekrar geliriz.

-Burası benim evim Mert.

Nihayet kız mantıklı bir cümle kurmuştu. Mert derin bir nefes alırken yüzüne bakan kız tekrar konuştu.

-Beni seviyor musun?

Cevabından emin olduğu soruyu hiç bekletmeden yanıtladı.

-Bu hayatta en sevdiğim şey sensin.

-Benim için gözcülük yapar mısın?

-Nasıl?

Arkalarında kalan asma ağacının altını işaret eden kızın gösterdiği yöne baktı. İki katlı evin ön kısmında kalan beyaz başlıklı kamerayı gördü.

-Anlamadım? dedi.

Bu kez kız en masum ifadesiyle tekrar konuştu.

-Onu yok etmeni istiyorum.

Elif'in istediği her şeyi yapardı ama kamera yok etmek yasal bir durum değildi. Serhan gibi bir babası varken suça bulaşması başına gelebilecek en kötü şey olurdu. Aklından bunları geçirirken Elif'in sesiyle kendine geldi.

-Tamam anladım, yapamazsın.

-Hayır.

Belki de kendini göstermeden kameranın kablosunu kesmeyi başarabilirdi. Sonra cebinde bekleyen anahtarlığının kırık ucunu aklına getirdi. Metal kısım, ince bir kabloyu kesebilecek kadar sivriydi. Bunu ne için yaptığını bilemese de ayağa kalkarken söylenir gibi sessizce konuştu.

-Sen burada bekle.

Ayağa kalktı ve cebindeki sivri cismi yokladı. Sokağın ıssızlığından aldığı cesaretle önünde durduğu evin bahçesine girdi. Ormanlık alanın hemen yanında kalan küçük girişli evin duvarlarını saran asma yapraklarının arasındaki duvara montelenmiş cihaza sessizce yaklaştı. Cebindeki sivri uçlu eski anahtarlığından kalan kırık parçayı eline aldı ve uzun boyunun nimetlerinden faydalanarak kameranın kablosunu tek seferde kesti. Sadece bir saniye hareketsiz bekleyerek bir ses duymaya çalıştı ama yoktu. Sonra geriye dönmek için adımını atmıştı ki girişteki sensörlü lambanın yanmasıyla karanlıkta gezen hamamböcekleri gibi olduğu yerde donup kaldı. Yakalanma korkusu yüzünden salgıladığı adrenalinle kalbinin kulaklarında attığını hissetti. Yüzyıl gibi geçen birkaç saniyelik hareketsiz beklemenin sonucunda ışık kendiliğinden sönmüştü. Derin bir nefes alarak yerde bekleyen bir bombaya basmaktan korkar gibi adımlarını çok yavaşça geriye doğru atmaya başladı. Birkaç adım sonra özgürdü. Yeterince uzaklaştığını düşündüğünde, sessiz olmaya çalışarak bahçeden çıktı. Şimdi tekrar Elif'in oturduğu yere çömelerek konuştu.

-Yaptım.

Bunu hiç beklemiyordu ama kız mutlu bir yüzle dudaklarına kocaman bir öpücük kondurdu.

-Şimdi sıra bende.

-Ne yapacaksın?

Eliyle karşısındaki binayı gösterdi.

-Oraya gireceğim ve sen beni burada bekleyeceksin.

-Ben de seninle geliyorum.

Ne olmuştu böyle? Sevdiği kızın gözüne girebilmek için

aptal kahramanlar gibi davranıyordu. Normalde kızı buradan gitmeye ikna etmesi gerekirken suça birlikte bulaşmayı teklif ediyordu. Sonra yine Elif konuştu.

-Sen burada bekle.

Daha ne olduğunu anlayamadan kızın karşıdaki binanın bahçe kapısından girdiğini gördü. Sonra da gümüş varaklı lüks kapıyı açtığını... Anahtarı vardı. Demek ki ev gerçekten Elif'in ailesine aitti ama neden bu saatte böyle garip davranıyordu? Birlikte oldukları süre boyunca da kızın birçok dengesiz hareketine şahit olmuştu ama hiçbiri bu kadar ileriye gitmemişti. İntihar eden annesine benzeyen çabuk sıkılmaları, verdiği kararı birkaç saniye sonra değiştirmek istemesi ve gülerken aniden yaşaran gözleri hoşuna bile gitmişti Mert'in. Şimdi beklediği süre arttıkça içindeki sıkıntı da daha fazla artıyordu. Yukarı çıkıp çıkmamak arasında gidip geldi. Bir süre sessizce etrafı dinledi. Sanki ormanlık yolun bitiminde kalan sapa sokakta hayat durmuş gibiydi. Boyunun neredeyse üç katı uzunluğunda olan mezarlık duvarının görkemi ve duvar diplerinden kendilerini göstermeye başlamış ağaçların kökleri garip hissettirmişti. Mezar taşlarına dair bir şey göremese de bu kadar yakınında ölü insanların yattığını bilmek yeniden ürpermesine neden olmuştu. Beklemekten vazgeçerek kızın girdiği kapıya doğru birkaç adım attı. Kapalı görünen kapıyı açabilmesi mümkün değildi. Çaresizce kendi kendine söylenerek balkonlarda ya da herhangi bir pencere camında hareketlilik görmeye çalıştı. Tek bir odanın bile ışığı yanmıyordu. Karanlıkta kendi evi olduğunu iddia ettiği eve hırsız gibi giren sevgilisi için iyice endişelenmeye başladı. Bildiği kadarıyla annesi, Elif küçükken ölmüştü. Babası tekrar evlenmese de sürekli olarak değiştirdiği sevgilileri oluyordu. Zaten birbirlerine bu kadar bağlanmalarının sebebi de, bu noktalardı. Tek fark, Serhan'ın sürekli olarak sevgili değiştirmeden Mert'e yapay bir ilgiyle yaklaşmasıydı. İkisi de boşluktaydı. Küçük yaşta annesini kaybetmemiş olan herkes, anne kelimesinin değerini ya kendi çocukları olduğunda ya da iyice yaşlandığında anlardı ama hayat bazen küçük bir çocuğa erkenden ders verecek kadar acımasız davranırdı. Elif'in de sırları vardı mutlaka. Mert'e anlatmaktan kaçındığı, güçlü gibi görünmek için kamufle ettiği bir takım takıntıları vardı. Şu an işlediği suç da bu bilinmez tarafıyla ilgili olmalıydı. Aklından bunları geçirirken sabırsızca kendi etrafında döndükten sonra binanın dışını bir kez daha incelemek için kafasını göğe doğru kaldırdı ama Elif'in cılız bedenine benzeyen bir siluet fark edince bir süre olduğu yerde donup kaldı. Evet Elif'in ta kendisiydi. Beş katını sayabildiği apartmanın teras kısmındaki korkuluklardan sarkan kızın amacını anlamaya çalıştı ama sonra kız sol bacağını korkulukların dışına atınca hiç düşünmeden harekete geçti. İntihar edecekti. Gördüklerinin gerçekliğini sorgulayan beyni gözlerini birkaç kez daha açıp kapatmasını emretti ama Elif tüm gerçekliğiyle binanın terasından aşağıya sarkıyordu. Bu hayattaki en değerli varlığı, tıpkı annesi gibi Mert'in gözleri önünde kendini öldürecekti. Kaderine sövmenin zamanı değildi. Hızla çözüm düşünmeye başladı. Binanın dışından teras katına kadar tırmanabilmesi mümkün değildi. Aşağıda bekleyip kızı düşerken tutması da imkânsızdı. Binaya koşup zillere basabilirdi ama o zaman da Elif panikle daha hızlı intihar edebilirdi. Yukarıya seslenerek kızı durduramayacağını biliyordu. Ani bir refleksle, ultra lüks binanın gümüş varaklı giriş kapısına yaklaştığında kırmasının imkânsız olduğunu düşündü ama tüm gücüyle kapıya yüklendiğinde kendini yerde buluverdi. Kapının aralık olduğunu anlamamıştı. Dakikalardır kapısı aralık duran bir binaya nasıl girebileceğini düşünmüştü. Bir kez daha salak gibi hissetti. Düştüğü yerden dengesini sağladıktan sonra doğrulurken dışarıdan vuran loş ışıkla aydınlanan girişin bir salona açıldığını fark etti. Birkaç adım ilerledikten sonra kırmızı ışığı yanan asansörü gördü. Hayatında ilk defa bir salonun içinde binilmesini bekleyen asansör görmüştü ama detayları umursayacak zamanı yoktu. Dayanıklı bir ağacın hammaddesinden oyulmuş merdiven korkuluklarını tutarak tırmanmaya başladı. Merdiven her katta başka bir hole açılarak bitiyor ama kendi etrafında yüz seksen derece döndükten sonra üst katın basamaklarına bağlanıyordu. Binanın iç konumunu ezberleyen biri gibi sonraki katlarda basamakları üçer üçer çıktı. Artık çıkılacak bir yer kalmayınca da karşısında bekleyen kapıyı sert bir hareketle itti. Kapı yine kilitli değildi ve önünde başka bir hol belirmişti. Nefes nefese kalmış hâliyle holün devam ettiği alandaki terası gördü. Terastaki korkuluklara tırmanmış bekleyen kız, şimdi tam karşısındaydı. Uçuşan tül perdeler, köşedeki pikaptan yükselen klasik müzik ve önünde yaprak gibi sallanan cılız bir beden... Her şey ne kadar da tanıdık gelmişti. Yıllar öncesinden unutmak istediği ne varsa karşısında görünce, dizlerindeki tüm gücü kaybettiğini hissedip zorlukla adım atmaya başladı. Sanki ana damarlarından birine enjekte edilen zehir tüm bedenini hızlıca dolaşarak, geçtiği her yeri felç etmişti. Kafasının üzerindeki tüm saçlar aynı anda terledi. Boynunu hareket ettiren eklemler, destek aldığı tahtadan ayrılmış güçsüz vidalar gibi sallanmaya başladı. Bir kez daha geç kalamazdı. Beyninin içinden çılgınlar gibi kızın adını haykırıyor ama kendi sesi kendi kulaklarına ulaşmıyordu. Kontrolünü kaybettiği iyice ağırlaşmış bedeniyle kısa adımlar atmaya devam etti. Biraz daha, birazcık daha ilerlerse kıza ulaşacaktı. Terasın eşiğine kadar ilerledikten sonra yüzüne vuran tül perdeleri başıyla savuşturdu. Şimdi elini uzatsa kızın narin bedenine değecekti. Yüksekten korktuğu için nefesi de tıkanmaya başlamışken Elif'in sesini işitti.

-Gözcüler gözleyenleri sevmezler...

Ve Mert'in eli havada öylece dururken Elif'in koyu renkteki saçları sarıya döndü. Üzerindeki elbise annesinin intihar ettiği gün giydiği şifon sabahlığın aynısı oldu. Sanki seslenebilse annesi başını çevirecekti. Önce olduğu yerde yaylanan beden havalandı, sonra Elif'in havada uçuşan mavi saçları rüzgârda dalgalandı ve Elif yerden metrelerce yükseklikteki terastan kendini aşağıya bıraktı.

* * *

Gözünün tam içine yakıcı bir yoğunlukla giren tavan ışıklarından korunmak için dirseğiyle yüzünü kapattı. Diğer kolunu da başına doğru çekmek isteyince plastik bir kablonun buna engel olduğunu fark etti. Yarı baygın gözlerini açmadan kolunu tekrar yatağa bırakırken babasının sesini işitti.

-Mert…

Ne kadar şefkat dolu gelmişti. Sonra aynı çağrıyı bir kez daha işitti. Göz kapaklarında tonlarca ağırlık varmışçasına kendisini zorlayarak karşısında bekleyen babasının görüntüsünü bulanık da olsa seçebildi.

-Baba…

Mırıldanır gibi söylediği cümleye, babası elini tutarak cevap verdi. Anlayabildiği kadarıyla hastane odasındaydı ve babasının arkasında ayakta bekleyen adamlar muhtemelen polis olmalıydı. Babasının çalışma arkadaşları. Beyninin içinde ıslak bir süngerin gezindiğini hissederken, Serhan konuştu.

-Mert, o evde ne işin vardı?

Kendisine yöneltilen soruyla içine dolan huzursuzluk, biraz da olsa ayılmasına sebep oldu.

-Elif...

-Elif kim Mert?

En son Elif'in korkuluklardan kendisini bıraktığını hatırlıyordu ama o zaman buraya nasıl gelmişti? Babasına kim haber vermişti? Ama şu an önemli olan şey Elif'ti.

-Baba, kız arkadaşım intihar etti.

-Nerede? Ne zaman?

-O evin terasından attı kendini.

-Ne zaman oldu bu Mert?

-Bilmiyorum.

Kendini zorlayarak yattığı yerden doğrulmaya çalışınca Serhan engel oldu.

-Ne arıyorsun?

-Saat kaç?

-Sabaha karşı üç.

-Üç saat önce o zaman. Baba, üç saat önce kız arkadaşım o terastan attı kendini.

Ağlamaklı bir sesle kurduğu cümleye neden kimse panikle yanıt vermemişti? Babasının arkasında bekleyen polislere bakıp sonra da sakince elini sıkması ne anlama geliyordu?

-Baba, Elif yaşıyor mu?

Ne diyeceğini bilemeyen Serhan sadece Mert'in yüzünü okşamakla yetinince, Mert ağlamaya başladı.

-Öldü değil mi baba?

-Mert beni dinle…

Hıçkırmaya başlayan çocuğun başını ellerinin arasına alan Serhan bu kez her zamanki otoriter ses tonuyla konuştu.

-Mert, o evde kimse intihar etmedi.

Mert ısrarla haykırmaya başlayınca odaya hemşire ve

doktor ardı ardına girdi. Koluna bağlı olan seruma ne enjekte ettiklerini bilemeden çaresizce seyrederken, saniyeler içinde oğlunun sakinleşip yeniden uykuya daldığını gördü. Yanına gelen doktor her şeyin kontrol altında olduğunu belirten bir cümle kurdu.

-Dinlenmesi için sakinleştirici verdik. Sadece büyük bir travma yaşamış ve atlatacaktır.

Odanın sanki tüm havası aynı anda dışarıya çekilmiş gibi boğulacağını hissederek kendini dışarıya attı. İntihar eden karısı da buna benzer sinir krizleri geçirdiği için defalarca acil serviste sabahlamak zorunda kalmıştı. Sanki geçmişin benzer bir kesitiyle yeniden yüzleşiyordu. Hızlı hareketlerle çıktığı koridorda, yere montelenmiş banklardan birine oturan Şule'yle göz göze geldi. Şimdi bir açıklama yapması gerekiyordu. Ayağa kalkıp yanına gelen kadına kendini zorlayarak bir cümle kurmayı başardı.

-Hayali bir kız arkadaşı var ve polislerin onu bulduğu evin terasından intihar ettiğini söylüyor.

-Nasıl yani?

-Kız bu gece terastan kendini aşağıya atmış ve Mert bunu görmüş.

-Ama...

-Ama kız falan yok. Kimse bu gece o evden kendini aşağıya atmadı.

-Birer kahve içelim mi?

Soruya yanıt vermedi ama Şule'nin peşinden sessizce ilerledi. Hastanenin boş koridorlarından alt kata inerek nöbetçi kafeteryanın olduğu bölüme girdiler. Kadın kahveleri alırken Serhan da en köşedeki masalardan birine ilişip bekledi. Bir süre sadece kahvelerini içip hiç konuşmadılar. Sonunda sessizliği Şule bozdu.

-Bak, annesinin ona yaşattığı durumu beyninde tekrarlıyor olabilir.

-Yıllar geçti Şule. Çocuk etkilendiği için sürekli psikiyatrlara götürdüm, elimden gelen her şeyi yaptım. Bunca zaman sonra mı tekrarlıyor?

-Ona yaşadığı travmayı hatırlatacak bir durum hastalığını tetiklemiş olabilir.

-Hastalık mı?

-Şu an bunu söylemek için çok erken ama şizofreni olabilir Serhan.

-Hayal gören herkes şizofren mi olur Şule?

Şule adamın refleks olarak oğlunu savunmaya geçmesine anlayışlı gözlerle baktı.

-Kanında sadece alkol tespit edildi ama gördüğü halüsinasyonu açıklamak için yeterli değil. Uyarıcı bir maddeye rastlanmadı. Ona bu hayali gördürebilecek cinsten bir uyarıcı.

Düşünceli görünen Serhan bu kez daha sakin bir ses tonuyla sordu:

-Ama peki neden o ev?

-Hayal gördüğünü kabul ediyorsan, hareketlerinde mantık arayamazsın.

-Evimizden kilometrelerce uzakta.

-Bunu Mert ayıldığında ve hazır olduğunda ona soracağız.

-Hayır, ya kendini de aşağıya atsaydı!Serhan öfkeyle derin bir nefes alıp devam etti.

-Hayali kız arkadaşının peşinden kendini de aşağıya atsaydı?

-Ama atmadı.

-Ne yapacağız Şule?

-Şu an sadece dinlenecek. Eğer hastaysa, tedavisi de var.

Serhan minnet dolu gözlerle Şule'ye bakınca kadının da hafifçe gülümsediğini gördü. Sonra iyice soğuyan kahvesinden ufak bir yudum alıp ekledi.

-İyi ki varsın Şule...Kadın, birkaç gün önce sarıya boyattığı saçlarıyla kaplı başını omzuna koyunca, taze boyanın kesif kokusunu aldı ama gövdesini tamamen kadına çevirip boynunun rahat etmesini sağladı. İnsan ömrünün her evresinde aşkın da tanım değiştirdiğini okumuştu bir yerlerde. Erken yaşlarda cinsellik, orta yaşlarda kariyer, ilerleyen yaşlardaysa huzur demekti. Yaşadığı travmalar yüzünden ruhunun yaşını ileri sayacak olursa belki de şu an yaşadığı huzurun adı aşktı. Birkaç saniye süren huzurun ardından, aklına bir şey gelmiş gibi sordu:

-Onu yeterince önemsemediğimizi düşündüğü için dikkat çekmeye çalışmış olabilir mi?

-Bunun için hiç tanımadığı bir evi kullanmazdı.

-Yani?

-Kendine zarar vermeden kendine zarar vererek dikkat çekmeye çalışırdı. Yani, hiç tanımadığı bir ev başını belaya sokacağından buna kalkışmazdı.

Eski karısının yaşattığı onlarca olay birden gözünün önünden film şeridi gibi geçti. Her defasında kendine bilinçli olarak zarar vererek, ona en çok değer veren Serhan'ın canını yakmak istemişti. Şimdi Mert'in yüzüne kadının hayalini ekleyip, beyninde oluşan resmi yorumladı.

-Ya başını belaya sokmak istediği bensem?

Şule başını kaldırıp, anlamamış gözlerle yüzüne bakınca ekledi:

-Belki de bizim hiç tanımadığını düşündüğümüz bir evi seçti.

* * *

Gün ağarmaya başladığında, Mert'in kendisine gelir gibi olduğunu görüp panikle oturduğu koltuktan kalkarak yatağın başına gitti. Hâlen kapalı olan gözlerine iyice yaklaşıp, göğüs kafesinin üzerine eğilerek nefesini kontrol etti. Sessiz bir ıslık gibi kulağını okşayan havayı hissettiğinde mutlu oldu. Yatağın başındaki monitörün ne anlattığını bilemese de, ritmik ve dinlendirici çalan mekanik seslerden her şeyin yolunda gittiğini takip edebiliyordu. Şule'yi dinlenmesi için eve göndermişti. Bir babanın kutsal vazifesini yerine getirir gibi, saatlerdir huzursuz bir ruh hâliyle gözünü bile kırpmadan Mert'in yeniden konuşacağı anı bekledi. Beklerken de kafasından türlü senaryolar geçirdi ve olayın nasıl gerçekleştiğini anlamaya çalıştı. Mert'i dikkat çekmekle suçladığı için meslek hastalığına yakalandığını düşünüp kendine kızdı. Komiser olmanın sekellerini özel hayatına yansıtmamalıydı. Odanın içinde birkaç volta attı ama sonra Mert'in yattığı yerden hafifçe öksürdüğünü işitip yine yatağın başına gitti. Mırıldanır gibi konuşan oğluna kısık sesle sordu:

-Mert, iyi misin?

-Baba...

Sesi ne kadar net çıkmıştı.

-Kendine geldin mi?

-Uyuyorum baba, görmüyor musun?

Asi bir sesle verdiği yanıt çok tanıdık geldiğinden içini garip bir sevinç kapladı. Mutluluğunu gizlemeden konuştu.

-İyileştin bak...

Yüzüne çarşafı çeken oğlunun hâline gülümsedi. Sabah güneşi iyice yükselmeye başlamış ve odanın perdesi açık olan camından içeriye dolmuştu. Birkaç dakika sessizce bekledikten sonra kendine hâkim olamayarak sordu:

-O ev kimin Mert?

Sorusuna yanıt alamadı ama bir yandan da komiserliğinin hakkını vererek çocuğu ilk dakikadan sorguya çektiği için yeniden kendine kızdı. Sonra çarşafın altından acılı bir ses duydu.

-Bilmiyorum baba. Sanırım Elif'in ailesinin.

Soruları ardı ardına sormak için Şule'yi ya da hastaneden kendilerine önerecekleri bir psikiyatrı beklemesi gerekir miydi? Hiç kabullenmemiş olsa da, belki de Şule'nin söylediği gibi Mert'in hayaller görecek ve gördüğü hayallerin peşinden gidecek kadar ağır bir hastalığı vardı ama yaşanılan geceyi bilmeden, sadece önyargıyla edilmiş bir sohbetti Şule'yle aralarındaki. Merakına engel olamayarak sesli düşünür gibi aklından geçirdiği bir soruyu, çarşafın altına yatan Mert'e yöneltti.

-Elif kim Mert?

Yine cevap alamazsa kesin olarak Şule'yi bekleyecekti. Birkaç saniye öylece hareketsiz Mert'i izledi. Ardından koridordan gelen, metal tabakların birbirine değerek çıkarttıkları sesleri işitti. Birazdan kahvaltı saati başlayacaktı. Sonra kalktığı tekli koltuğa oturmak için arkasını dönecekken Mert konuştu.

-Sevgilim baba.

-Nasıl bir kız Mert? Ona nasıl ulaşabilirim?

Yüzündeki çarşafı açan çocuğun gözlerindeki yaşları görünce kalbinde garip bir acıma duygusu hissetti. Yaşlar yanaklarından süzülürken, Elif'e dair bildiklerini, yaşadıkları ayrılığı, kıza olan hislerini ağır ağır anlatmasını dinlendi. Her şey o kadar gerçek görünüyordu ki oğlunun konuşması bittiğinde Elif'in hayali bir karakter olamayacağından neredeyse emindi.

-Peki, kızın soyadı ne Mert?

-Aydın.

-İntihar ettiğini gerçekten gördün mü?

-Gözlerimin önünde atladı baba. Elimi uzatsam tutacaktım ama yetişemedim. Sonra da bayılmışım.

Elinde kahvaltı tepsisiyle içeriye bir kadın ve yanında hemşire girince bütün ilgileri o tarafa kaydı. Mert'in uyandığını gören hemşire bunu zaten bekliyormuşçasına profesyonel hareketlerle çocuğa birkaç soru sordu. Kahvaltı etmesi için oğlunu hazırlarlarken, odadaki varlığının gereksiz olduğunu hisseden Serhan koridora çıkmak için kapıya yönelince Mert'in kendisine seslendiğini duydu.

-Gözcüler gözleyenleri sevmezler...

Hiçbir şey anlamayan Serhan geriye dönerek sordu:

-Efendim?

-Bunu söyledi baba. Kendini aşağıya atmadan önce böyle dedi.

Oğlunun kurduğu cümleyi içinden sessizce tekrar etti ama bir delinin ağzından çıkacak sözler gibi gelmişti. Ortada olmayan bir kız ve kurduğu saçma cümle... Hemşirenin önünde daha fazla soru sormak istemediği için odadan çıktı. Koridora adımını atar atmaz da kapının önündeki metal sandalyede beklemekte olan üniformalı polise "Günaydın." dedi. Yabancı bir evde sinir krizi geçiren oğlunun durumu adli bir vakaya dönüşebileceğinden, prosedürleri tamamlamak için Mert'in ifadesini alıp merkeze dönecek olan genç polis de saygıyla Serhan'ı selamladı. Olaya dair ne kadar bilgisinin olduğunu tahmin edemese de polise dönerek sordu.

-Kapıda herhangi bir zorlama izi var mıydı?

-Bildiğim kadarıyla yoktu komiserim.

-Peki, ev kime ait?

-Haşim Bayrak adında bir iş adamına.

-Peki bu Haşim Bey ya da ailesi evde miymiş?

-Adam yalnız yaşıyor. Şu anda da yurt dışında.

-Evin kapısını kim açmış?

-Bilmiyoruz komiserim. Haşim Bayrak'a olayın bilgisi verildi. Avukatları merkezi arayıp, evin incelemeye alınmamasını istediler.

-Adamın kızı var mıymış?

-Hayır komiserim. Hiç evlenmemiş, çocuğu da yok.

Elif'e ait Aydın soyadıyla zaten bağlantı kuramamıştı ama yine de şansını denedi. Mert'in yurt dışında olan bir iş adamıyla ne bağlantısı olabilirdi ki? Yine aklına aniden bir şey gelmiş gibi oğlunun yattığı odaya girdi. Hemşirenin arkasında kalan boşluktan süzülerek, giyinme dolabına bırakılmış mavi poşeti dikkat çekmemeye çalışarak çekip aldı. Birkaç saniye sonra yeniden koridordaydı. Hastaneye getirildiğinde oğlunun özel eşyalarının içine konulduğu poşeti, az önce nöbetçi polisin kalktığı sandalyeye bırakıp içinde bir şeyler aramaya başladı. Oğlunun yabancı bir evin kapısını açabileceği bir maymuncuk ya da benzeri metal bir cisim görebilmek için pantolonunun ceplerine kadar karıştırdı. Sonra gömleğinin içine sarılı duran cep telefonunu eline aldı. Bildiği kadarıyla Mert şifre kullanmazdı. Şarjı azaldığı için uyarı veren ekrana dokununca şifresiz telefon açıldı. Takip ettiği soruşturmayı bırakıp, haberi alınca koşa koşa hastaneye gelmişti. Haberi alınca... Polisler kendisine ulaşıp, oğlunun baygın bir şekilde hastaneye kaldırıldığını iletmişti ama oğlu baygınsa polise kim haber vermişti? Aceleyle arama kaydına baktı ve 155'in arandığına dair bir şey görmeye çalıştı ama yoktu. Peki, polisi Mert aramamışsa kim aramıştı?

* * *

Öğleye doğru her şeyin yoluna girdiğini düşünmeye başladığında oğlu yine bir atak geçirmiş ve bu öncekilerden daha zorlu olmuştu. Solunumunda anormallik olduğunu söyleyen doktor sakinleştirici ilaçların verilmesini durdurmuş, aniden oğlunu solunum cihazına bağlatarak yeni tetkikler yapmaya karar vermişti. Birkaç saat önce kendisiyle konuşan ve bilinci açık olan Mert, şimdi tek kişilik odada yoğun bakım hastası gibi bakılmaya başlanmıştı. Kolunda serumlar, burnunda beslenmesi için bir hortum ve ağzında solunumunu destekleyecek bir cihaz varken gördüğü manzarayı kalbi kaldırmıyordu. Mümkün olduğu kadar koridorda vakit geçirmeye başladı. Doktorun söylediğine göre, oğlunun zehirlenmiş olması da ihtimaller dâhilindeydi. Bir saatte odasına üç kez girdiği doktoru yeniden koridorda görünce koşarak yanına gitti. Mert bilinci kapalı şekilde yattığı için henüz bir gelişme olmadığını kendi gözleriyle de görebiliyordu ama yine aynı soruyu sordu.

-Bir gelişme var mı?

Doktor olumsuz anlamda başını salladı.

-Herhangi bir zehirlenme durumuna karşı toksikoloji testleri yapılıyor. Alerjik bir reaksiyon ya da gözden kaçan bir durum var mı diye bakıyoruz komiserim.

-Ama kanı temiz çıkmıştı.

-Kanında sadece alkol ve uyuşturucu madde aranmıştı.

-Hastanede verdiğiniz ilaçlar bunu yapar mı?

-Solunumu deprese edip oğlunuzun durumundaki gibi ani morarmayla kendini gösteren yan etkilere sahip sakinleştirici ilaçlar var ama...

-Ama?

-Ama her şey detaylı testler sonucunda netleşecek.

Ne olduysa dün gece o evde olmuştu. Şule'nin her şeyin normale döneceğini tekrar tekrar söylemesine de ikna olmadı. Çünkü solunumundaki anormalliği kimse açıklayamıyordu. Mert baygınken geriye kalan tek bilgi kaynağı olabilecek oğluna ait cep telefonunu şarj etti. Arama kaydındaki onlarca kez aranmış numaranın bahsettiği Elif'e ait olabileceğini düşünüp merkezdeki yardımcısına numarayı ileterek araştırmasını istedi. Yarım saat kadar sonra da numaranın Yaman adında bir erkek öğrenciye ait olduğunu öğrendi. Oğlunu dün gece yaşananların içine çeken bu Yaman adlı çocuk olabilir miydi? Hiç düşünmeden numaranın üzerine bastı ve çalması için beklemeye başladı. Birkaç çalışın ardından genç bir erkek sesi yanıtladı.

-Alo? Bakın beyefendi, burada Elif adında biri yok.

Serhan duyduklarını anlamlandırmaya çalışırken, karşı taraf konuşmaya devam etti.

-Beni anlıyor musunuz? Bir daha ararsanız numaranızı savcılığa vereceğim.

-Bu numara sürekli sizi mi arıyor?

-Kardeşim kimsen dalga geçme benimle. Günlerdir bıktırdın artık.

-Peki, Elif adında biriyle bağlantınız yok mu?

-Hâlâ Elif diyor ya! Bir daha ararsan soluğu savcılıkta alacaksın.

Serhan üç kez ardı ardına gelen hattın düşme sesiyle telefonun kapandığını anladı. Elif diye biri yoksa oğlu bu numarayı neden sürekli aramıştı? Bunu Şule'yle paylaşmalı mıydı? Ama önce başka bir şeyi daha öğrenmek için merkezi aradı. Dün gece polisi arayıp Mert'in fenalaştığını kim haber vermişti? Bunu da yaklaşık olarak on beş dakika içinde öğrendi. İhbarın yapıldığı telefon numarasının adresini aldı ama ihbarı yapanın ses kaydına ulaşabilmesi akşamı bulacaktı. Polis merkezinden kendisine verilen adrese haritadan baktığında, Mert'in dün gece baygın bulunduğu binanın tam karşısında kalan evi gördü ve aceleyle hastaneden ayrıldı.

* * *

Konumu takip ettiği programdaki kadının sesi ulaştığını söylediğinde, aracını park edip telefonu eline aldı. Şu an tam solunda kalan binadan yapılmıştı ihbar. Hiç beklemeden keten gömleğiyle belindeki silahın üzerini kapatarak araçtan indi. Önce başını kaldırıp dün gece olayın yaşandığı binaya baktı. Bulunduğu noktadan en üst kata kadar her yere hâkim olmak isteyince başı döndü. Bu kadar lüks bir bina hayal etmemişti. Kendisine aktarıldığı gibi bütün katlar tek bir adama aitse, evin sahibi epey zengin biriydi. Sonra daha fazla vakit kaybetmek istemeyerek yönünü karşıdaki eve çevirdi. Burası daha mütevazı görünümdeydi. Bahçe girişinden başlayan asma yapraklarına çarpmamak için başını eğerek devam etti. Birkaç adım sonra ana giriş kapısına gelince iki katlı sevimli villanın ziline kendinden emin bir şekilde dokundu. Açan olmayınca bir kez daha aynı hareketi tekrarladı. Tam evde kimsenin olmadığını ve şimdi ne yapacağını düşünmeye başlamışken, ahşap beyaz kapı gürültülü bir sesle açıldı. Olduğu yerde irkilirken, kendisine kapıyı açan orta yaşlı kadını gördü ve hızla cebinden çıkardığı kimliğini uzatarak kendisini tanıttıktan sonra devam etti.

-Evin sahibi siz misiniz?

Şaşkın bakışlarla kendisini süzen çekik gözlü kadın, bozuk bir Türkçeyle sorusunu cevapladı. Bakıcı olduğunu söylemişti. Yüzünün hatlarını inceleme fırsatı olmasa da daha ilk bakışta kadının Türkmenistan ya da Kırgızistan gibi bir ülkeden gelmiş olabileceğini anladı. Sonra Serhan'ı eliyle içeriye buyur edip kendisini takip etmesini söyledi. Kadının peşinden önce dar bir odaya sonra da odanın bitiminde kalan merdivenlerden üst kata çıktı. Katın devamında labirenti andıran küçük bir odanın içinden başka bir odaya geçtiler ve salona girdiklerinde sanki kendisini bekler gibi gülümseyen yaşlı kadını gördü. Umduğundan çok daha büyük olan salon âdeta bir sarayın minyatür hâli gibiydi ve yaşlı kadının cam kenarında kalan koltuktaki oturuşu bir kraliçenin asaletini taşıyordu. Kendini tanıtmak için kimliğini gösterecekken, kadının öpmesi için zarifçe elini havaya kaldırmasına kayıtsız kalamayarak öptü. Sorguya gelen komiser bir anda asil bir centilmene dönüşmüştü. Bakıcı kadın dışarıya çıkınca büyülenmiş gibi bir süre etrafı izledi ama sonra buraya ne için geldiğini hatırlayarak boğazını temizleyip konuşmaya başladı.

-Ben komiser Serhan Balcı.

-Zaptiyesiniz demek?

Kadının kurduğu cümleye ve garip kol hareketine gülmemek için kendini zor tuttu.

-Evet.

-Peki, teşrifinizin sebebini öğrenebilir miyim?

-Tabii...

Kadının aşırı kibar konuşması Serhan'ın da içindeki beyefendiyi ortaya çıkarmıştı.

-Bu evde yalnız mı yaşıyorsunuz?

-Refakatçimle birlikte yaşıyoruz.

-Yardımcınızı da çağırsam sorun olur mu?

Yaşlı kadının onayı üzerine adını bilmediği için "Hanımefendi..." diyerek seslendiği yabancı uyruklu kadın da salondaki saray koltuklarından birine oturdu.

-Dün gece polisi kim aradı?

Kurduğu cümleyi anlamamasından korktuğu için önce yardımcı kadının yüzüne bakınca, kadın yanıtladı.

-Ben polis aramadi.

Umursamaz görünen yaşlı kadın camdan dışarıya bakarak:

-Ben aradım, dedi.

Serhan'ın içinde garip bir heyecan uyandı.

-Kaçta aradığınızı hatırlıyor musunuz?

-Sanırım gece yarısıydı.

-Peki neden aradınız?

Soruyu düşünmeye başlayan yaşlı kadın aniden başını bakıcısına çevirdi.

-Akşama ne pişireceksin Nana?

Kadın da akşama ne pişireceğini anlatmaya başlayınca, Serhan konuşmayı bölerek bakıcıya sordu.

-Hanımefendinin adı nedir?

Kadın yine bozuk Türkçesiyle "büyük hanım" diye hitap ettiği ev sahibesinin adının Suna olduğunu söyledi.

Hiç vakit kaybetmeyen Serhan tekrar yaşlı kadına döndü.

-Bakın Suna Hanım. Bu önemli bir durum. Dün gece polisi neden aradınız?

-Hatırlayamıyorum yakışıklı beyefendi.

-Kendinizi biraz zorlasanız.

Kadının yüzünde zorlanmaya benzer bir ifade görünce bakıcı kadın aceleyle koşarak içeriden tekerlekli bir sandalye getirdi ve kadını kaldırdı.

-Heyır, buyuk hanım tuvalete kedar bekleyin noler.

İkili Serhan'ı öylece bırakıp salondan ayrıldı. Sonra da derinlerden gelen su seslerini ve bakıcı kadının konuşmasını işitti. Sessizce oturduğu koltukta bekledi ama dakikalar geçince sabırsızlanarak kapıya yöneldi. Ayak seslerini duyan bakıcı kadın yanına gelmişti ve çaresiz bir yüzle konuştu.

-Buyuk hanım alzeymir hestesi.

-Yani?

-Yani hatirlayamiyor.

-Peki evde güvenlik sitemi var mı?

Elinde ıslak bir bez tutan kadın, anlamamış gözlerle bakınca, havada çizdiği şekillerle anlatmak istediği cismi tarif etmeye çalışan Serhan devam etti.

-Görüntü alan kamera?

-He kemıra, evet.

Eve girerken aklına gelmediği için girişte ya da evin içinde kamera var mı diye bakmamıştı. Kadının kurduğu cümleye sevinerek yanıt verdi.

-Peki nerede?

Bu kez yine kadının yönlendirmesiyle alt kata indi. Geldikleri yoldan tekrar geçerken, daha ağır adımlarla yürüdükleri için etrafı biraz daha detaylı görebilme fırsatı olmuştu. Çelik sürgülü kapının dışına çıktıklarında bahçeye açılan bölüme örülü duvarda kalan kamerayı fark etti. Kadın da baktığı yönü işaret etmekteydi. Beyaz bir sapın üzerine sabitlenmiş kameraya yaklaşarak, görüş açısının kapsadığı alanı hesaplamaya çalıştı. Olayın gerçekleştiği karşı evin üst katlarından değil ama giriş kısmından mutlaka görüntü yakalamış olmalıydı. Sonra arkasında bekleyen kadına döndü.

-Kameranın kayıt yaptığı program nerede?

-Bilgiseyer ver içeride.

Tam kadının peşinden içeriye doğru yönelecekken kameranın sabitlendiği beyaz sapın arkasından sallanan kabloyu fark etti. Biri ya da birileri kameranın görüntü almasını istememiş ve bağlantı kablolarını keserek kaydı saf dışı bırakmıştı. Sinirle gerilen alnını ovarken, içeriye giren kadının peşinden devam etti. Yine de programı görmekte fayda vardı. Bilgisayarın başına geldiklerinde, dokunmaktan korkar gibi uzak bir yerde dikilen kadın yine eliyle işaret etti.

-Bureda.

Klavyeye dokunmasıyla ekranın ışığı yandı. Masaüstünde açık olan program, kameranın bağlı olduğu yazılıma aitti ama görüntü karanlık ve karıncalıydı. Programın üzerine tıkladığında, bilgisayara ulaşan son görüntünün tarihini gördü. Düne aitti. Sonra üzerinde tarih yazan şeridi oynatmak için yan duran üçgen şeklin üzerine bastı. Görüntü açılır açılmaz ekranda beliren tanıdık yüzü fark edince gözlerine inanamadı. Şok olmuş bir ifadeyle ekrana bakarken arkasında kalan kadının da kendi gördüklerini görmemesi için bedeniyle ekrana siper oldu. Kabloyu kesen kişi oğluydu ama neden bunu yapma gereği duymuştu? Kaydın geriye doğru hareket etmesini beklemeden acele bir hareketle, sil tuşuna bastı. Oğlu kesinlikle bir suça bulaşmış ya da bulaştırılmıştı.

Koruma güdüsüyle davranarak aklına ilk gelen şeyi yapıp kaydı silmişti ama soruşturmaya gizlice devam edip oğlunun arkasında bıraktığı pislikleri mi temizleyecekti? Erken karar vermemek için beynini boşaltmaya çalışarak derin bir nefes aldı. Programa tekrar baktığında tüm kayıtların sadece bir günlük yapıldığını ve ertesi gün eski kaydın otomatik olarak silinip üzerine yenisinin yapıldığını anladı. Yani şimdilik temizlenecek başka bir şey kalmamıştı. Terlemeye başlayan alnını eliyle silerken arkasında bekleyen kadın konuştu.

-Bir sorun var?

Başını hayır anlamında salladı.

-Sorun yok.

Sonra yukarıdan gelen büyük hanımın sesini duydular. Hâlen yüzüne bakan kadın, bir şeylerin anormal gittiğini anlamış olamazdı. Saç diplerinden inen ter damlacıklarının kulaklarına doğru süzüldüğünü hissetti ama kendinden emin davranmak zorundaydı. Bu eve nasıl girdiyse kapıdan da öyle çıkması gerektiğini düşünerek cebinden çıkardığı kartı kadına uzatıp kibar bir ses tonuyla konuştu.

-Büyük hanım bir şey hatırlayacak olursa beni bu numaradan arayın.

Kapıdan çıkmasını bile beklemeyen kadın, kartı alıp hızla üst kattaki banyoya koşunca sessizce dışarıya çıktı. Şimdi ne yapacaktı? Dün gece burada her ne yaşandıysa, içinde oğlu da vardı. Bir evin güvenlik kamerasını saf dışı bırakmak demek bir suçu gizlemek demekti. Belki bir hırsızlık, belki bir cinayet...

Düşünmeye devam ederken önce Şule'yi arayıp Mert'le ilgili bilgi aldı ama çocuğun sağlık durumunda değişiklik yoktu. Ardından merkezde neler olup bittiğini öğrenmek için Murat'ı aradı. Konuşurken yürümeye devam etti ve saniyeler içinde aracının yanına gelmişti. Park hâlinde bekleyen araca sırtını yasladıktan sonra dün gece olayın gerçekleştiği süper lüks evi incelemeye başladı. Yokuş bir sokağın sonunda kalan evin yakın bölgede tek bir komşusu vardı, o da az önce çıktığı yaşlı kadının eviydi. Bir tarafı ağaçlık bir alanla diğer tarafı da mezarlık duvarıyla çevrili sokak aşağıya doğru kıvrıldığında lüks evler daha sık bir şekilde sıralanmaya başlıyordu. Ormanlık alanın olduğu bölgeden devam edildiğindeyse araç trafiğinin başladığı ana yola çıkılıyordu. Tekrar evin dış kısmını incelerken güvenlik kamerası görmeye çalıştı. Sonra telefonda kendisine bir şeyler anlatan Murat'ın sözünü kesti.

-Murat bu evin mutlaka kamera sistemi vardır.

-Hangi evin komiserim?

-Dün gece Mert'in baygın bulunduğu evin.

Murat'tan yanıt alamayınca devam etti.

-Bina çok lüks. Bu kadar zengin bir adam evine mutlaka güvenlik için bir sistem kurmuştur.

-Araştıralım komiserim.

-Acil araştırabilir misin Murat? O kayıtlarda her ne varsa çok önemli.

-Peki komiserim.

-Ama bundan kimsenin haberi olmasın.

Hemen sonrasında, tam karşısında beklediği iş adamına ait binanın içinde bir hareketlilik fark etti.

-Ev sahibi adam yurt dışında değil miydi?

-Bildiğim kadarıyla evet komiserim.

-Evde birileri var ama...

Kısa bir süre düşündükten sonra devam etti.

-Sen söylediklerimi araştır, ben de eve girip bakacağım.

-Komiserim bunun iyi bir fikir olduğunu düşünmüyorum.

-Kapıyı çalacağım Murat. Kendimi tanıtmayacağım korkma. Belki adres falan sorarım.

-Ama bir güvenlik sistemi varsa sizi de kayıt altına alacak ve adamın avukatları araştırma yapılmaması için merkeze bildiri geçti.

Söz konusu olan oğlunun hayatıydı. Çocuk ölecek olursa mutlaka merkez tarafından dosya açılarak inceleme yapılacaktı ama o zamana kadar etrafta bir delil varsa yok edilecekti. Az önce kendi yok ettiği delil gibi... İki katlı villanın güvenlik kamerası başkaları tarafından devre dışı bırakılmış olsaydı, bunu mutlaka merkeze bildirir ve ellerindeki somut delille dosya açılmasını sağlardı. O zaman yapacağı sorgular da yasal olurdu. İçinden küfür etti. Güvenlik kamerasının bağlantısını keserken, kayda alınacağını bile düşünemeyen oğlu gibi bir amatörü kim ne amaçla kullanırdı ki? Her şeye rağmen bir dosya açılırsa, kayıtların güvenlik firmasından alınacağını da düşündü. O zaman delil yok ettiği için kendisi de suçlanırdı. Şimdilik her şeyin gizli kalması gerektiğini düşünerek camlarında hareketlilik gördüğü eve doğru yürümeye başladı. Demir bahçe kapısını geçtikten sonra gümüş varaklı giriş kapısının önüne geldi. Zile basmadan önce beynine oksijen gitmesi için yeniden derin bir nefes aldı ve parmağıyla dijital alete dokundu. Birkaç saniyelik beklemenin ardından neyle karşılaşacağını düşünmeye başladığında kapı aniden açılmıştı. Karşısında beyaz üniformalı bir adam belirince zaman kazanmaya çalışıp öksürürken adamın üniformasında yazan firma ismini okudu. Öksürüğünün kesilmesini beklemeyen adam söze girdi.

-Misafirseniz evde kimse yok.

-Peki siz kimsiniz?

-Temizlik firması.

Sonra aralık olan kapıdan içeriyi görmeye çalıştı. Buharlı bir alet tutan başka bir çalışan parkeleri temizliyordu ve karşısında bekleyen adam işe dönmek için sabırsızlanıyordu.

-İletmemizi isteğiniz bir şey var mı?

-Yok, hayır, ben daha sonra tekrar gelirim.

Kapının suratına kapanmasıyla birazcık bozulduğunu hissetti. Burada daha fazla dikilip birilerine kendini göstermenin anlamı yoktu. Aceleyle geldiği yönden geriye dönerek aracına ulaştı.

* * *

Solunumunun düzensiz oluşu nedeniyle yapılan araştırmalar devam ederken, Mert de makineye bağlı bir şekilde uyutulmaya devam ediyordu. Doktorlar sürekli açıklama yapsalar da, elinden hiçbir şey gelmeden öylece beklemek canını fena hâlde yakıyordu. Başka bir hastaneye götürme fikri, nakil esnasında kaynaklanabilecek olası sıkıntılar yüzünden mümkün görünmüyordu. Daha sabaha karşı konuşmuşlardı. Bütün gece başında beklediği için, gece boyunca her şeyin yolunda gittiğinden de emindi. Ne yaşanmışsa, o evde yaşanmıştı. Herhangi bir darp ya da boğuşma belirtisi yoktu oğlunda. Kanında uyuşturucu bir madde saptanmamıştı. Psikolojik bir krizin, hayati fonksiyonları etkileyecek kadar kötü sonuçlarının olması da değerlendirmeye alınamayacak kadar küçük bir ihtimaldi. Yabancı bir evde kız arkadaşının peşinden gittiğini iddia eden oğlu baygınlık geçiriyor ama olayın öncesinde karşı evin güvenlik kamerası oğlu tarafından devre dışı bırakılıyordu. Olayı ihbar eden yaşlı kadın Alzheimer hastası çıkıyor ve Serhan oradan da bir sonuca ulaşamıyordu. En kötüsü de ortada bir kız arkadaş olduğuna dair tek kanıt yoktu. Kafasından bunları geçirirken, omzuna dokunan elin sıcaklığını hissederek kendine geldi. Yumuşaklığını ezbere bildiği dokunuşun sahibine gülümserken, oturması için yanındaki sandalyeyi Şule'nin önüne çekti. Yavaşça sandalyeye ilişen kadın, Serhan'a bakarak konuştu.

-Durumu sabit. Yani kötüye gitmiyor.

Çaresizce dişlerini sıkan Serhan, saatlerdir oğlunun başında nöbet tutan ve elinden gelenin fazlasını yapmaya çalışan kadına teşekkür eder gibi başını salladı.

-Bu durumun sebebi ne Şule?

-Araştırıyorlar hayatım. Toksik bir etki, alerjik bir reaksiyon, metabolik bir hastalık... Tüm ihtimalleri değerlendiriyorlar.

Birkaç dakika ikisi de sessizce bekledikten sonra yine kafası soru işaretleriyle dolu olan Serhan konuştu.

-Mert'in bayıldığı dakikalarda polisi arayarak ihbarı yapan ve adamları olayın yaşandığı daireye yönlendiren yaşlı kadınla ilgili ne düşünüyorsun?

-Tesadüf gibi duruyor.

-Yani?

-Yani yaşlı kadın belki de Mert'i gördü. Tam karşı açısında kalan dairede bir gencin garip hareketler yapması onu polisi aramaya teşvik etti.

-Eve nasıl girdi ama?

-Bunun cevabını ben de bulamıyorum.

-Cevabını bulamadığım o kadar fazla şey var ki...

-Bence artık araştırmayı ve düşünmeyi bırakıp Mert'in sağlığına ve kendi işine odaklanmalısın.

-Mert bir suça bulaşmış olabilir Şule.

Güvenlik kamerasından bahsetmeli miydi? Ağzından bir anlığına çıkan cümleden pişmanlık duyarak devam etti.

-Yani psikolojik bir hastalığı varsa, suç da işlemiş olabilir değil mi?

-Sürekli kötü şeyler düşünmeyi bırakmalısın hayatım.

-Daha sabah konuşuyordu Şule. Şimdi cansız bir bedenin

teni gibi soğuk her yeri... Odasına girmeye bile kalbim dayanmıyor. Sanki bir sorun oldu ve bunun sebebi benim.

-Sen hiçbir sorunun sebebi değilsin.

-İlgisiz bıraktığımı düşündüğü için belki de başını belaya soktu.

-Bak ne diyeceğim...

Kadının heyecanla kurduğu cümleye isteksiz gözlerle baktı. Sonra ayağa kalkan kadın devam etti.

-Benim şimdi Mert'in başına dönmem gerekiyor. Gerekli olan her şeyi yapacağım. Cildi kurumasın diye krem bile aldım çantama. Hadi sen de eve geçip biraz dinlen.

-Ama bir sorun olursa?

-Bana güvenmiyor musun?

-Tabii ki güveniyorum.

-Hadi o zaman! Sabah evden çıkmadan, en sevdiğin köfteli yemeği yapıp buzdolabına bıraktım. Duş alırsın diye de yatağın üzerine temiz gömlek çıkardım.

-Melek gibisin ama benim hiçbir şey yiyecek hâlim yok.

-Ama güçlü durmazsan oğlumuz için savaşamayız ki...

Oğlumuz... Bu kelimeyi kadının ağzından ilk kez duyuyor oluşu garip hissettirmişti ama yaptığı bunca fedakârlıktan sonra itiraz etmek de içinden gelmedi. Mert'in yüzüne karşı söylememesi yeterliydi. Şule'yi, oğlunun başına gönderirken, biraz daha hastanede kalmaya karar verdi. Sonra belki merkeze gider ve müfettişe kendini göstererek işinin başında olduğunu belli ederdi. Saatlerdir hiçbir şey yemediği için midesinden gelen acı bir sıvının genzine dolduğunu hissetti. Profesyonel hayatı boyunca, içinde kaldığı her durumun hem iyi hem de kötü olasılıklarını hiç çekinmeden kendine itiraf ederek adım atmıştı. Şimdi özel hayatında da aynısı geçerliydi. Oğlu iyileşip sağlığına kavuşabilir ya da doktorların da anlamlandıramadığı bir şekilde ölebilirdi. "Ölüm" kelimesini beyninin içinde tekrarladığında bile yeniden nefes alamadığını hissetti. Beklemekten başka çaresi yoktu. Kafeteryaya inip bir sigara içebilirdi. Dalgın hareketlerle ayağa kalktığında cep telefonunun tanıdık melodisini duyup, keten gömleğinin cebindeki aleti eline aldı. Arayan merkezdeki yardımcısı Murat'tı.

-Efendim Murat?

-Komiserim, Mert'in dün gece baygın bulunduğu evin güvenlik sistemi yok.

-Nasıl yani?

-Yani yok komiserim.

-Bu durum normal değil Murat. Evi görsen sen de bana katılırdın.

-Bahsi geçen iş adamının kullandığı tek ev burası değil. Türkiye'de olduğu zamanlarda lüks bir rezidans ve sahilde kalan tarihi bir köşkü de kullanıyormuş.

-Ama bizim ilgilenmemiz gereken yer burası.

-Anlıyorum ama belki de önemsemediği için güvenlik sistemi yoktur.

-Yapma Murat. Sadece eşyalar için bile güvenlik sistemi

olmalıydı.

-Eşyalar ve evin kendisi, altı haneli bir rakam ödenerek sigortalanmış. Ayrıca dün gece yüz elli beşe yapılan ihbar...

-Evet?

-Yaşlı kadının ses kaydı Mert'i doğruluyor.

Serhan nefesini tutmuş dinlerken Murat devam etti.

-Kadın kayıtta karşıdaki evin terasından bir kızın intihar ettiğini söylüyor.

* * *

Yok... Yaşlı kadına bir şeyleri hatırlamanın imkânsız olduğunu ve sabrının iyice taştığını anlayarak ikinci kez geldiği evden ayrılıp hastaneye gitti. Hem merkezdeki her hareketini gözleyen müfettiş hem de kadının sağlık durumu yüzünden evinden çıkarıp merkeze sorguya götürmesi de olanaklı değildi. Oğlunun nasıl bir şeyle suçlanacağından emin olamadığı için soruşturmayı yasal yollardan açtırmak işine gelmezdi. Hem belki dosyanın başına basiretsiz komiserlerden birini vereceklerdi. Sonuçta amir, duygusal davranmasını istemediği için Serhan'ı her şeyden uzat tutmak isterdi. Şimdilik gizlice araştırması en güzeliydi. Hâlen bitkisel hayatta olan oğlunun hastanedeki ikinci gününde, uyanması için değil daha çok durumunun kötüye gitmemesi için dua etti. Sonra da Şule'ye emanet ettiği tek çocuğunu hastanede bırakıp merkeze gitmek üzere yola çıktığında, hem yaşlı kadının hem de oğlunun aynı anda aynı hayali görebilmesinin mümkün olup olamayacağını düşünmeye başladı. Araç kullanırken yakalandığı trafikte Google üzerinden kısa bir araştırma yaptı ama okuduğu hiçbir şey akla mantığa uygun gelmedi. Telepatiyi bir yere kadar anlayabilirdi ama aynı hayali gören iki insanın büyüyle ya da reenkarnasyonla açıklanan durumlarının yazılı olduğu blogları ciddiye alamadan okumaya devam etti. Açılan yeni bir sayfanın başlığında "iki kişilik delilik" olarak açıklanan başka bir tanımlama gördü: Folie a deux. Yani, iki kişinin aynı anda aynı hayali görmesi. İmkânsız gibi algıladığı bu durum tıbbın literatürüne girmişti ama bahsedilen hastalıkta iki kişinin birbirini tanıması şart koşuluyordu. Halüsinasyonlarını bir diğerine anlatan kişi, karşısındakinin de onları görmesini sağlıyordu. Yakın arkadaş, akraba ya da sürekli görüşen iki kişi gibi. Mert'in kadınla yakın bir ilişkide bulunmadığından emindi. Yardımcısına oğlunun fotoğrafını gösterdiğinde hiçbir olumlu yanıt alamamıştı. Evden dışarıya çıkamayan yaşlı kadınla iletişimde bulunabilmesi için, oğlunun o eve girmesi gerekiyordu ama yardımcı kadın oğlunu tanımıyordu.

Bu durumda en mantıklısı, Mert'i ciddiye alıp adı Elif olmasa bile o gece o evde bir kızın olduğunu kabullenip araştırmaya devam etmekti ama iki farklı insanın iddia ettiği gibi bir intihar söz konusu değildi. Delirmek üzere olduğunu hissetti. Bir tek evin sahibi olan iş adamıyla ilgili bilgi sahibi değildi ve bu aşamaya kadar bir şey elde edemediği için bütün düşüncelerini adamın üzerinde yoğunlaştırmaya karar verdi. Merkeze ulaştığında hiç vakit kaybetmeden odasına yöneldi ama koridordan devam ederken başını açık olan kapılardan birinin içine çevirmesiyle müfettişle göz göze geldi. Bu adam hiç rahat vermeyecek miydi? Şimdi kendini mecbur hissederek, ani bir hareketle duraksayıp az önce göz göze geldiği müfettişin olduğu odaya girdi. Yanına iyice yaklaştığında açık olan bilgisayardan merkezi sisteme girilmiş olduğunu gördü ve en altta kalan kendi resmini fark etti. Göz ucuyla baktığı ekrandan kafasını tamamen çevirip müfettişe döndüğünde adam da asık bir suratla kendisine bakmaktaydı. Azar işiteceğini ya da yeniden gereksiz bir sorguya alınacağını düşünürken adamın "Geçmiş olsun." dediğini işitti. Oğluyla ilgili haberler muhtemelen günün yirmi saati kendisini araştıran adamın da kulağına gelmişti. Üzerine çöken rahatlamayla teşekkür edip acelesi olduğunu belirterek odasına gitmek üzere adamın yanından ayrıldı. Artık sadece işine odaklanabilirdi.

Haşim Bayrak... Araştıracağı ismi aklının bir köşesine kazıyarak, ekibiyle selamlaşıp kendisi için ayrılan odaya girdi. On parmak kullandığı klavyeye aklındaki ismi yazıp alt alta sıralanan sonuçlardan önemli gördüklerini okumaya başladı. Ticaret ve inşaat işiyle uğraşan adam, aileden varlıklı ve hiç evlenmemiş. Çocuğu yok. Seyahat etmeyi seviyor. Cemiyet hayatıyla ilgili bir dergiye verdiği röportajda temizlik hastası olduğunu söylüyor ve öğrencilere yaptığı burs yardımlarıyla âdeta bir iyilik meleği gibi lanse ediliyor. Porselen dişleri, tepeden hafifçe açılmış, kahverengiye boyattığı saçları ve yapay gülümsemesiyle güven veren bir tip değil. Buraya kadar internet paketi olan herkesin öğrenebileceği ön bilgileri edinip, merkez bilgisayarına şifre girerek adamla ilgili yasa dışı kayıtları bulmak için ekstra bir sayfa açtı ama bu kanaldan yaptığı tüm araştırmalar amirin de arşivine düşecekti. Sonra aklına parlak bir fikir gelmiş gibi hızla ayağa kalkıp odasından çıktı. Bu sefer ekibinden kimsenin yüzüne bakmadı. Merkezin çıkışına doğru ilerleyen koridorda dikkat çekmemek için sakin adımlarla yürüdü. Çıkış kapısına yaklaştığında koridorda durup Murat'ı aradı. Vereceği dâhili numarayı arayıp müfettişe amirin kendisiyle görüşmek istediğini iletmesini söyledi. Telefonu kapattıktan birkaç dakika sonra müfettişin az önce çalıştığı odadan çıktığını gördü. Amir çağırdıysa masadan aceleyle kalkıp, bilgisayarda açık olan merkezi sistem ekranını kapatmayı unutmuş olacaktı. Hayal kırıklığına uğramamayı umarak bilgi işlemin kullandığı odaya girip kapıyı ardından kapattı. Koşarak ekranın başına geçtiğinde altta açık olan sekmeyi görüp yüzüne kocaman bir galibiyet gülümsemesi yayıldı. Merkezi sistem amirin şifresiyle açılmış ve en son kendi ismine bakılmıştı. Vakit kaybetmeden Haşim Bayrak ismini sisteme girdi. Sistem Google gibi kişileri popülaritesine göre sıralamadığı için aynı anda açılan iki fotoğraftan kendi aradığına tıkladı. Adli kayıtları, hastane dökümleri, hatta diploma derecesine kadar her şey liste olarak önündeydi. Hiç düşünmeden print tuşuna bastı. Kâğıtlar bilgisayarın bağlı olduğu yazıcıdan çıkarken az önce arattığı ismi sildi.

Uğultulu bir sesle çalışan makinenin acele etmesi için çaresizce beklerken, kapının dışından gelen gür sesi işitti. Müfettiş kendisine gelen aramanın sahte olduğunu anlamış, odaya dönüyordu. Kapının önünde kiminle konuştuğunu anlamasa da bir anda gelen yakalanma korkusu bütün vücudunu alev gibi yakmaya başladı. Şimdi ne yapacaktı? Yakalanırsa ne olacağı konusu üzerine hiç düşünmeden ani bir kararla buraya gelmişti. Son kâğıt da yazıcının metal haznesinden çıkmak üzereyken kapının açılma sesiyle olduğu yerdeki en yakın sandalyeye çöktü. Kapı aralıkken hâlâ birilerine bir şeyler anlatan müfettişin arkasını dönmemesini fırsat bilerek hazneden çıkan sıcak kâğıt tomarını belinin tam arkasında pantolonuyla kemerinin birleştiği noktaya sıkıştırdı. Bir saniye geçmeden de adamla göz göze geldi. Yaramazlık yapmış bir çocuğun sevimli ifadesini yüzüne takınırsa işi batırmış olurdu ve acılı bir babanın ağlamaklı ifadesiyle gözlerini yere indirip bekledi. Şaşkın ve kuşkulu gözlerle izlendiğini biliyordu. Adam önce kısa bir tereddütle olduğu yerde birkaç saniye bekledi ama sonra hızlı adımlarla kalktığı koltuğa oturup Serhan'a hiçbir şey demeden açık olan ekranı kontrol etti. İçi rahatlamış gibi derin bir nefes aldıktan sonra da karşısında oturan Serhan'a baktı.

-Amirin beni çağırdığını söylemelerinin üzerine çıktığım odada seni görmem tesadüf olabilir mi?

-Anlayamadım.

-Anlaması gereken kişi benim zaten. Evet, ziyaretinizin sebebini öğrenebilir miyim?

-İki gündür merkezde olmadığım için sizi görmem gerektiğini düşünmüştüm.

-Beni görmek konusunda bu kadar istekli olman gururumu okşadı.

-Kaçarak kurtulabileceğim bir karakteriniz yok.

-Kaçmanı gerektirecek bir durum da yok bildiğim kadarıyla.

-İşinizi hakkını vererek yapmaya çalıştığınızın farkındayım. Daha önce takip ettiğiniz tüm çalışan dosyalarını başarıyla tamamladığınızı da biliyorum.

-Demek ben de birileri tarafından araştırılmışım.

Serhan'ın yüzüne aptal bir gülümseme yayılınca adam soru dolu gözlerle baktı. Serhan açıklama yapma gereği duydu.

-En azından şu an geçen seferlerden farklı bir sohbetin içindeyiz.

-Çünkü moladayım.

-Efendim?

-Mola verdim ve sen benim kıymetli zamanımı çalıyorsun.

Ne diyeceğini bilemeden artık çıkması gerektiğini anlayarak, belinde bekleyen kâğıt tomarını hatırlayıp fıtığından şikâyetçi biri gibi yavaş hareketlerle ayağa kalktı. Keten gömleğinin içinden bir kâğıt sesi geldiğinde ya da şüpheli bir harekette bulunduğunda adamın üzerini aratacağından emindi. Buraya kadar her şey yolunda giderken şimdi işleri batırmamak için yüzünü adama dönüp arkasını kapıya vererek konuşmaya başladı.

-Oğlumun durumuyla ilgili hassasiyetinize ayrıca teşekkür

ederim.

Geri geri adımlar atarken yüzü adama dönük olduğu için bir cümle daha kurması gerektiğini düşündü. Saygıdan reverans yaparak odadan ayrılacak bir komiser olmadığını müfettiş de biliyordu. Kapıya sadece birkaç adım kalmışken ekledi.

-Eminim başka şartlar altında tanışmış olsaydık arkadaş bile olabilirdik.

Adamın bakışları hâlen kendi üzerindeyken, tek bir hamleyle yan dönüp bedenini kapıdan dışarıya atarak gülümsedi ve çıktığı kapıyı ardından yavaşça kapattı. Koridorun ilerisinden gelen üniformalı iki polisi görünce sevinçten yumruk yapıp havaya kaldırdığı elini indirdi ama yüzüne yayılan mutluluğu gizlemeden az önce ayrıldığı odasına döndü. Şimdi belinde bekleyen kâğıt tomarını çıkarıp hemen araştırmaya başlaması gerekiyordu. Camckân kapıyı sert bir klik sesiyle kilitledikten sonra dağınık görünen masasında yayılmış ve şu an için işine yaramayacak ne kadar evrak varsa aceleyle, özensiz bir şekilde kenarlara savurup elinde beklettiği tomara yer açtı. Yeniden iş adamının yüzüyle karşı karşıyaydı ama bu sefer gençliğine ait başka fotoğraflar da kâğıtlara basılmıştı. Önemsiz detayları geçerek adli kısmı incelemeye başladı. Temiz görmeyi umduğu kayıtta adamın adına açılmış ama daha sonra takipsizlikten düşen iki farklı dava gördü. Birincisini okuyunca kanının donduğunu hissetti. Otuz yıl önce sekiz yaşında bir kız çocuğuna istismar teşebbüsü. Ama davanın devamında adam suçsuz bulunmuş. Yine aynı yılın yedinci ayında başka bir kız çocuğunu alıkoyma suçu. Ama bu kez dava takipsizlikle sonuçlanmış. Küçük kızlara ait siyah beyaz fotoğraflara bakınca içinde adama karşı derin bir nefret belirdi. Hatırı sayılır bir servet ve takipsizlikten düşen davalar... Ama nasıl olur da aileler şikâyetlerinden vazgeçmişti? Sonra dosyaya ismi giren çocukların açık adres kısımlarında yazılı satırları okudu. İki çocuk da yetiştirme yurdunda yaşamışlardı. Geçmişte hakkında açılmış çocuk istismarı dosyaları ama günümüzde muhtaç çocuklara yardımlar yapan bir iyilik meleği. Bir sonraki sayfayı çevirdiğinde pasaport dökümlerini gördü. Yılda dört kereden fazla Tayland'a yapılan turistik geziler. Küçük yaşta çocukların fuhuş mafyası tarafından varlıklı turistlere pazarlandığı ve tüm dünyanın buna seyirci kaldığı bir ülke değil miydi Tayland? Adama dair kafasında bir şablon oluşsa da bulduğu hiçbir şey kesin delil teşkil etmiyordu. Türkiye'ye döndüğünü bildiği adamı sorgulayabilirdi ama merkezi bile dişli avukatlarıyla sindirmiş bir zengini sorgulamanın kolay olmayacağını biliyordu. Hele de adamı tehdit edebileceği yasal bir dosya yokken... Belki de yetiştirme yurdunun kayıtlarıyla başlaması daha doğru olacaktı ama kayıtlara ulaşabilmek kolay değildi. Arşivden otuz yıl öncesinin bilgilerini alabilmek için yurt görevlileri kendisinden savcılığa ait izin belgesi isteyecekti. Komiser olması maalesef yeterli değildi. Uzun bir süre düşündükten sonra, geçen sefer bir deponun incelenmesi için savcılıktan aldıkları belgeyi, masasının üzerinde dağılmış diğer kâğıtların arasından çekip aldı. Tarih ve yerin yazılı olduğu ilgili birim kısımlarını değiştirmesi yeterli olurdu ama anlaşılırsa meslekten men edilmekle kalmaz, hapis cezası bile alabilirdi. İçinden sessizce "Korku mu, cesaret mi?" diye söylendi. Oğlunun hayatı tehlikedeyken, bunun sebebini bulamazsa kendini ömür boyu affetmeyecekti. İki gece önce o evde yaşanan şeyi öğrenebilirse, belki oğlunu kurtarma şansı da olabilirdi. İçinden cesaret diye cevap veremese de elinde tuttuğu evrakı yazıcıya okutup bilgisayarda gerekli düzenlemeleri yaptıktan sonra yola koyuldu. Hem daha önce defalarca yasal olmayan işlere bulaşmıştı. İşlenen suçu ve suçluyu daha iyi anlayabilmek için iyiliğin tarafında savaşan herkes, biraz da olsa çizginin diğer tarafına kayardı.

* * *

Görevlinin yüzüne hiç bakmadan konuşması sinirini bozunca, cebinde duran komiser kimliğini çıkarıp gür bir sesle kendini tanıttı. Bir saniye bile geçmeden kadının tüm ilgisi artık Serhan'daydı. Kendinden emin tavrını bozmadan, merkezde düzenlediği sahte izin belgesini gösterdi. Kadının, havada tuttuğu evrakı okuduğundan emin olunca da, kâğıdı dörde katlayıp hızla kumaş pantolonunun cebine attı. Arşiv kayıtları yeni gelen düzenlemeyle bilgisayar ortamına geçirilmeye başlanmış, ancak on beş yıldan önceki kayıtlar hâlen arşiv olarak kullanılan binanın en alt katında tutulmaktaymış. Otuz yıllık bir geçmişle ilgili burada olduğu için arşive gitmek üzere kadının yönlendirmesiyle, genişçe bir araziye kurulmuş yetiştirme yurdunun bahçesine peş peşe çıktılar.

Yakıcı güneşin altında yanından yürüyen kadınla birlikte yüzyıllık ağaçların gölgelerini çiğnerken, etrafta koşuşturan küçük çocukları fark etti. Serhan'ın adımlarının yavaşladığını gören kadın, adamın baktığı yönle ilgili kendisine sorulmadan açıklama yapmaya başladı.

-Çocukları yaş gruplarına göre ayırıyoruz.

Eliyle taş binalardan birini göstererek devam etti.

-Bu kısım 0-3 yaş grubu çocukların kaldığı taraf. Sessiz göründüğüne bakmayın, şu an hepsi öğle uykusunda...

Onlarca bebeği aynı anda uyutabilmek zor olmalıydı. Sonra yine kadının işaret ettiği diğer tarafa baktı.

-Bu grup da 3-6 yaş çocuklarımız. Şimdi bahçede oyun saati ama birazdan onlar da uyku arası için binalarına çıkacaklar.

Başlarında özel kıyafetli üç kadının bulunduğu çocukların tarafına yürüdüklerinde, içlerinden bir tanesinin kendisine doğru koşturduğunu gördü. Ne olduğunu anlamak için hareketsiz beklediği birkaç saniyelik süre içinde çocuk yanına kadar gelmiş ve "Baba!" diyerek Serhan'ın bacaklarına sarılmıştı bile. Pırıl pırıl zeytin rengi gözlere bakınca içinin garip bir acıyla buruldluğunu hissetti. Çocuk o kadar içten baba demişti ki yere eğilip minik bedeni kucağına almamak için kendini zor tuttu. Kadın yine açıklama yapma gereği duydu.

-Yurda gelen tüm erkekler baba, tüm kadınlar da annedir onlara göre.

Birden diğer çocukların da coşkuyla üzerlerine doğru koştuğunu fark etti ama arkada kalan bakıcının ani çıkan yüksek sesiyle yönlerini değiştiren minikler, tekrar geldikleri yöne koşmaya başladığında hâlen bacaklarına asılı duran çocuğun sorduğu soruyu işitti.

-Baba, sen hiç tavşan gördün mü?

Serhan'ın cevap vermesini beklemeyen kadın, nazik bir hareketle çocuğu elinden tutup grubun geri kalanının olduğu bölgeye götürdü. Varlığı birden garip bir coşkuya neden olmuştu. Bu kadar masum ve içten bir topluluk tarafından karşılanış şekli hoşuna gitse de çocukların bunu her gelen yetişkine yapacak kadar sevgiye aç olmaları canını sıkmıştı. Hayatlarının her anını akranlarıyla birlikte geçirmek zorunda kaldıkları için hak ettikleri özel ilgiyi bulmaları neredeyse imkânsızdı. Hem ne kadar iyi bakılırlarsa bakılsınlar hiçbir sevgi biçimi anne ve babalarından alacakları kadar yeterli olmayacaktı. Geceleri kâbus gördüklerinde ya da gün içinde enerjileri taştığında koşup kime sarılıyorlardı? Kavga ettiklerinde bölüşemedikleri ne varsa, bir annenin adaletiyle aralarında pay ediliyor muydu? Ya da ne yaparsam yapayım beni hep sevecekler hissi doluyor muydu çocuk kalplerine? Bir yandan bunları bir yandan da hastanede yatan oğlunu aklına getirince gözlerinin ıslandığını hissetti. Kendisinden başka hiç kimsenin bu durumu fark etmemesi için gözlerini kırpıştırırken, az önce bacaklarına sarılan çocuğun gizlendiği bir ağacın altından kendisine baktığını gördü. Ah o çocuğun gözlerindeki saflık, en kötüsünün elindeki cehennemi bile çekip almaya yeterdi. Sonra görevli kadının, beklediği noktaya doğru hareket ettiğini fark edip arkasını döndü. Aklından geçirdiklerini bir an önce silip atmazsa, hıçkırarak ağlamaya başlayacağından korkuyordu. Birkaç saniye sonra sıcak havada sarf ettiği efor yüzünden nefes nefese kalan kadın, yanına gelerek konuşmaya devam etti.

-Ah çocuklar... Kusura bakmayın Komiser Bey.

Kurulan cümleye sorun yok anlamında başını iki yana sallayarak cevap verdi. Konuşursa sesi boğuk çıkabilirdi. Yine kadının gösterdiği yöne doğru yan yana ilerlemeye başladılar. Kısa süren sessizliğin ardından duygu durumunun değiştiğini düşünen Serhan konuştu.

-Hiç dışarıya çıkmıyorlar mı?

-Ayda bir kez bakıcıları eşliğinde dışarıya çıkıyorlar ama koruyucu ailesi olanlar neredeyse her hafta sonu aileleriyle dışarıya çıkıyor.

İlerlemeye devam ederken ağaçlık alanın altında kalan başka bir grubu işaret eden Serhan sordu:

-Şuradaki minik... Neden oynamıyor?

-Sanırım bu hafta koruyucu ailesi gelemeyeceğini bildirmiş.

-Gerçek ailesi olan var mı?

-Pek çoğunun kimsesi yok ama olanların da genelde aileden kimse ziyaretlerine gelmez.

Arkasına baka baka ilerlerken, bir yandan kadının anlattıklarını dinliyor bir yandan da daha bebekken kimsesiz kalmanın yaşatacağı acıyı tekrar düşünerek duygusallaştığının anlaşılmasını istemiyordu. Zorlandığını hissettiği zamanlarda hep yaptığı gibi derin bir nefes alıp, yüzüne çarpan sıcak hava rüzgârının getirdiği geçici ferahlığı hissetti. Dakikalardır konuşan kadının kurduğu son cümleleri kaçırmıştı ama kadın aniden durunca Serhan da düşüncelerinden sıyrılarak kadına çarpmamak için aniden durdu. Arazinin içindeki diğer binalara göre çok daha bakımsız görünen iki katlı, küçük pencereli bir yapının önünde durmuşlardı. Sonra kadın eliyle işaret ederek;

-Arşiv olarak kullanılan bina burası, dedi.

Birkaç basamak merdiven çıktıktan sonra elinde tuttuğu anahtarla kapıyı açan kadının peşinden ilerlerken bir yandan da etrafı incelemeye başlamıştı. İçeriye girmeleriyle havaya kalkan toz bulutu ve saman kâğıdının kendine özgü kokusu burnuna çarpınca, arşivin tek bir kapıyla korunduğunu gördü. Girdikleri alanın ilerisinde metal raflar sıralanmaya başlıyordu ama kadın merdivenlerden bodrum katına yönelince Serhan da peşinden devam etti. Bu kez önlerinde daha büyük bir alan vardı. Kapısız bölmenin girişinde duran kadın, arkasına dönerek elinde tuttuğu anahtarı Serhan'a uzattı.

-Benim yetkim buraya kadar.

Anahtarı eline alan Serhan soru dolu gözlerle bakınca kadın devam etti.

-Aradığınız tarihler bu katta. Ben dışarıda sizi bekliyor olacağım.

-Anahtar?

-Kapıyı üzerinizden kapatacağım için sizde kalsın.

Kadın kauçuk ayakkabılarının tabanını mermeri aşınmış merdivenlere sürterek Serhan'ın yanından ayrıldı. Tek başına kalan Serhan, önce içeride kısa bir tur attı sonra da aşınmaya başlamış tükenmez kalemle yazılı tarih ibarelerini görmeye çalıştı. Arşiv dosyalarının tutulduğu bodrum katı tahmininden de büyük çıkmıştı. Rutubet kokusu genzini yakınca avcunun içini hafifçe burnuna kapattı. Tuvalet penceresi kadar küçük paslı camlardan içeriye giren ışık sadece loş bir aydınlatma sağlıyordu. Etraftaki düzeni anlamak için gözlerini iyice kısarak rafların üzerindeki rakamları okumaya başladı. Uzun süren bir uğraşın ardından aradığı tarihi bulmuştu. Rafın iç kısımlarına ilerleyerek en baştan başlamak üzere, aklında tuttuğu çocukların kayıtlarını bulmak için soluk sarı renkteki zarfları sıralarını bozmadan karıştırmaya başladı. Anladığı kadarıyla alfabetik sıralama kullanılmıştı. Önce D harfinde parmağını gezdirdi ve gözden kaçırmamaya dikkat ederek tüm zarfları kontrol etti ama aradığı ismi bulamamıştı. Birkaç saniye düşündükten sonra, kayıtların yaş gruplarına göre sınıflandırılmış olacağını akıl edemediği için kendi kendine söylendi. Az önce ne işe yaradığını bilemediği rakamların çocuklara ait yaşlar olduğunu düşünerek karıştırmaya devam etti. Hayır... Arşiv o kadar karmaşık düzenlenmişti ki bu kez de aradığını bulamadı. En baştan başlayıp tüm dosyaları gözden geçirmesi gerekecekti. Saatine baktı. Vakti vardı. Dakikalar sonra iyice tıkanan burnunu bu kez koluyla kapatırken, aradığı ilk ismi buldu. Dışarıya dosya çıkarması yasak olduğundan kâğıtların tümünü cep telefonu görüntülerini çekmek üzere tozlu zemine yaydı. Zaten sadece dört sayfalık bilgi vardı. Vakit kaybetmeden diğer ismi aramaya başladı. Bitirdiği her rafta sona yaklaşırken umutları biraz daha azalıyordu. Çocuğun kaydının arşivden de silinmesi mümkün müydü? Ölmüş olsa bile bunu tutanaklarda bildirmek zorundalardı. Cebinden çıkardığı telefonunun ışığını dosyaların üzerinde gezdirerek her ismi tek tek okumaya başladı ve önüne çıkan bir zarfta tanıdık bir isim görünce hiç düşünmeden çekip aldı. "Şule Tekinoğlu." Karısının adı ve soyadıyla karşılaşınca, bunun sadece tuhaf bir benzerlik olabileceğini düşündü ama yine de zarfın içini açmak için kontrollü bir şekilde iki parmağını kullandı. Dosyadan çıkan ilk resmi görünce afalladı. Şule'nin on beş, on altı yaşlarındaki hâli karşısında durmaktaydı. Geceler boyu süren uzun sohbetlerinde bile yetiştirme yurdunda kaldığından bahsetmemişti kadın. Üniversiteyi bitirdiği dönemde trafik kazasında kaybettiği anne ve babasını anlatırken yalan mı söylemişti? Sayfaları hızla okumaya başladığında şaşkınlığı daha da arttı. Kardeşini planlı bir şekilde öldürmeye çalıştığı için gönderildiği ıslah evinden sonra buraya gönderilmişti. Annesi ölmüş, babasının adı ise yıllar önce nüfustan düşülmüştü. Hakkında yapılan suçlamanın kısa bir özetini okuduğundaysa, arşivden bir an önce çıkıp hastaneye ulaşması gerektiğini anladı. Oğlunu bir canavara emanet etmişti.

* * *

Üç gündür sadece birkaç saatlik kestirme fırsatları bulabildiğinden, kan şekerinin düşmemesi için masada bekleyen meyve suyunu kafasına dikerek tek seferde içti. Keşke önünde yatan Mert'e de bir şeyler içirme fırsatı olabilseydi. Huzurlu bir uykunun tam ortasında gibi görünen masum surata bakarak gülümsedi. Şimdi değil ama uyandığında Şule'nin kendisi için yaptığı fedakârlıkları öğrenecek ve belki de üvey annesinden özür bile dileyecekti. Metal komodinin üzerinde bekleyen plastik bardaktaki suyu pamukla ıslatarak çocuğun dudaklarına değdirdi. Ağzının yapısı, uzun kirpikleri, suratı ifadesiz dururken bile yanağındaki çukurluğu belli olan gamzesi. Babasının yirmi beş yaş gençleştirilmiş bir kopyası gibiydi. Keşke karakteri de biraz babasına benzeseydi. Gerçek bir aile olabilmelerinin önündeki tek engel Mert'in gereksiz asiliğiydi. Sanki babası annesini Şule'yle aldatmış gibi yaklaşıyordu evliliklerine ve kadını kıracak her türlü hareketi hiç düşünmeden yapıveriyordu. Hâlbuki Şule, tanıştıkları ilk günden beri önce Serhan'a sonra da oğluna sadece fayda sağlamıştı. Zaten haftada iki gün gittiği kliniğinden bile zaman zaman fedakârlık ederek, yaşadıkları evi tam bir yuvaya çevirmek için çaba sarf etmişti sürekli. Hem üç gündür Serhan'la aralarındaki bağ, Mert'in yokluğunda nasıl da kuvvetlenmişti. Nihayet adam da kendini ilişkiye teslim edebilmiş ve nedensiz yere de olsa her fırsatta Şule'ye dokunmaya başlamıştı. Gözünün önünde canlanan kaçamak temaslardan aldığı haz, garip bir şekilde kasıklarına doğru yayılınca hastane odasında olduğunu aklına getirdi. Hayattaki hiçbir şey Serhan'ın kokusunu içine çekebildiği anlardan daha değerli değildi. Sahi Serhan neredeydi? Geç kalmış olsa da birazdan serviste olabilme ihtimaline karşı çantasında duran taze çiçek kokulu kolonyayı ensesinde gezdirdi. Üç gündür duş alma fırsatı olmadığı için yağlanan saçlarını fırçayla tarayarak tekrar sıkıca ensesinde topladı. Penye gömleğinin belini düzelterek kot pantolonunun içine soktu. Banyoya girip yüzünü de soğuk suyla yıkadıktan sonra ferahlanmış ve güzelleşmiş hissetti. Sabunlukta bekleyen kalıpları iki gün önce tuvalete atıp sifonu çektiği için ellerini duvarda bekleyen dezenfektan kutusunun altına soktu. Beyaz sabun kokusuna tahammülü yoktu. Ölümü ve acıyı hatırlatıyordu. Aklından bunları geçirirken psikolojik bir savaşın içine girdiği için burnuna yine aynı kokunun geldiğini hissetti. Aynaya baktığında tiksinmiş yüz ifadesiyle karşılaşırken, kapı sert bir şekilde açılmıştı. Olduğu yerde zıplarken gürültünün geldiği dış kapıya doğru kafasını çevirdi. Henüz yaşadığı şoku atlatamamışken anlamlandıramadığı bir şekilde kolundan tutan Serhan'ın kendisini çekiştirdiği fark etti. Boşta bulunduğu için direnememişti. Yere düşmemek için karışan adımlarını kontrol etmeye çalışırken Mert'in yattığı odaya girmişlerdi. Tuttuğu kolunu bırakmayan adamla göz göze gelince de korktuğunu hissetti.

-Bana neden yalan söyledin Şule?

Hangi konuyla ilgili neden bu sorunun kendisine sorulduğunu anlayamadı. Serhan'a ya da başkalarına defalarca farklı biçimlerde zararsız yalanlar söylemişti. Şimdi hangi yalanı yakalandığı için sorguya alınmıştı?

-Şule bana cevap ver!

Adamın sıkıca tuttuğu kolu hiç acımasa da durumdan kurtulmak için canı acıyormuş gibi yüzünü buruşturdu.

-Canımı acıtıyorsun!

Kadının kurduğu cümleyle onu incitmekten korkan Serhan, hızlı bir hareketle elini çekti ve cevap almak için bekledi. Soru sorma sırası Şule'deydi.

-Sana neden yalan söyleyeyim?

-Ben de onu merak ediyorum Şule. Bana ailenle ilgili neden yalan söyledin?

Aile kelimesini duyduğunda renginin bembeyaz olduğunu bilemeden, gözlerini kocaman açarak adamın yüzüne baktı.

-Ben yalan söylemedim.

Yalan söylediği her hâlinden belli olan ses tonuyla kurduğu cümleye kendisi de ikna olmamışken Serhan devam etti.

-Ailenin trafik kazasında öldüğünü söylemiştin.

-Evet.

-Şule yeter!

-Belki ufak bir yalan söylemiş olabilirim.

-Kardeşini tansiyon haplarıyla zehirlemişsin Şule.

Gözleri dolmaya başlayan kadın kafasını hayır anlamında salladıktan sonra cevap verdi.

-Küçüktüm.

-Bana neden doğruyu söylemedin?

-Doğruyu söyleseydim hakkımda ne düşünürdün?

-Dürüst biri olduğunu düşünürdüm.

-Hayatına alır mıydın yine?

-Konumuz benim hayatım değil.

-Ama benim hayatım sensin.

Konudan yeterince saptıklarını düşünen Serhan, kendine hâkim olmaya çalışarak tıslamaya benzer bir sesle konuştu.

-Mert'i sen mi zehirliyorsun Şule?

Serhan'a tokat atmak için kalkan eli, adam tarafından havada yakalanmıştı.

-Doktorsun ve insan sağlığına dair çok fazla şey biliyorsun. Şimdi dürüstçe söyle, Mert'i sen mi öldürmeye çalışıyorsun?

Bu kez kadın hıçkırarak ağlamaya başlayınca, yüzündeki ifadeyi yumuşatan Serhan daha sakin bir sesle devam etti.

-Şule ne olur bana bunu yapma.

-Sana değil, "bize" bunu asla yapmam!

-Şimdi sana nasıl inanabilirim?

Kadının hıçkırmaya başladığını işitince, yatakta bilinçsiz şekilde yatmakta olan oğlunun başına gitti. İlk defa bir insanın gözyaşlarından hiç etkilenmediğini anladı. Bir an önce odadan gitmeliydi bu canavar. Kendi kardeşini öldürmeyi göze alan biri, başkasının çocuğunu düşünür müydü? Hele de Mert gibi sürekli sorun çıkaran bir ergeni? Dakikalar sonra kadının sakinleşmeye başlayan hâlini fırsat bilerek hastane odasının kapısını açtı ve içeriye iki kişiyi davet etti. Adamların kim olduğunu anlamaya çalışan kadın sessizce beklerken, yüzüne hiç bakmayan Serhan açıklamayı yaptı.

-Çocuklar merkezde ifadeni alacaklar Şule. Ben de doktorlara gerekli bütün bilgileri vereceğim. Şimdi sadece git.

Yalvarır gibi bakan kadın, ağzını açıp tek bir kelime söylemeden yanına gelen polislerin yönlendirmeleriyle kapıdan çıktı. Belki Serhan'a son bir kez bakması gerekirdi ama yapmadı. Etrafındaki herkesin ama herkesin fark edebildiğinden daha güçlüydü. Sakin adımlarla yürürken başını yere eğmekten vazgeçti. Tanıdığı bir acıyı hatırlamanın getirdiği sarhoşluk hissi, yavaş yavaş tüm bedenine yayılırken bir kez daha anladı. Hayatım dediği ne varsa, daha önce de elinden alınmıştı.

* * *

Yerini değiştirdiği tekli koltukta uyandığında bütün eklemlerinin aynı anda ağrıdığını hissetti. Sanki akşamdan kalmış gibi iyice kuruyan ağzını kocaman açarak birkaç kez üst üste esnedi ama koltuğu başına çektiği yatakta yatan oğlunu görünce bir anda ayılıverdi. Çatallı çıkan sesiyle hâlen baygın olan çocuğa bir umutla seslenip birkaç saniye bekledi. Odadaki her şey garip bir rutinle, iyiye gitmeden ama kötüye de dönüşmeden öylece stabil bir hâlde devam etmekteydi. Yüzünü yıkamak için banyoya girdi. Lavabonun kenarında Şule'nin saç fırçasını gördü. Sonra elini yıkamak için sabun aradı ama yoktu. Tekrar odaya dönerken Şule'den şüphelenmekle ani bir karar vermiş olabileceği aklını meşgul etmeye başladı. Merkezde yapılan sorgusunda beklenen hiçbir itirafta bulunmamıştı kadın. Mert'in doktorlarına olası şüphelerinden, tansiyon ilaçlarından, oğlunun bir şekilde zehirlenmiş olabileceğinden bahsetti. Herhangi bir zehirlenme durumunda etken uzaklaştığında oğlu saatler içerisinde kendine gelecekti. Etkeni yaratan kişi Şule'yse, Mert her an konuşmaya başlayabilirdi. Doktorun dediğine göre geri dönüşsüz bir hasar yoktu ve solunumundaki anormallik düzeldiğinde çocuğun ayılması için uyarıcılara başlayacaklardı ama henüz tedavisinde bir değişiklik yapmamışlardı. Birkaç ay önce başında yeterince dert olduğunu düşünürken acele mi etmişti? İnanarak kurduğu ikinci bir aile kurumu da darmadağın olmuştu işte. Sonra üç gündür yaptığı araştırmaları kafasında toparlamaya çalıştı. Yetiştirme yurduna başka bir amaçla giderek karısının kayıtlarına ulaşması tesadüf olabilir miydi? Ne kadar fazla şey üst üste tesadüfe dönüşmeye başlamıştı. Kabullenirse bir yere varamayacağını düşündü. Oğlunun bu durumda oluşunun mutlaka bir sebebi vardı ama göremiyordu. Etken, Şule değilse neydi? Yine her şeyin o evde saklı olduğunu düşündü. Sonuçta oğlu kendi evlerindeki yatağında fenalaşmamıştı. Bambaşka bir yerde polisler tarafından baygın bulunmuş ve onu oraya sürükleyen şeyin kız arkadaşı olduğunu söylemişti. Şule'nin planlı bir şekilde oğlunu zehirleyebilmesi için her şey fazlasıyla dağınık görünüyordu. Haftada iki kez çalıştığı kliniğe giden ve günlerce Mert'le evde yalnız kalan kadın, bunu yapmak istese, kendine çok daha kolay bir yol seçerdi. Sonuçta evdeki yemekleri yapan kişi Şule'ydi. Kadının ailesiyle ilgili yalan söylemesinin anlaşılır bir tarafı vardı. Hakkındaki önyargıları kırmak için kendine yeni baştan bir geçmiş yazmıştı. Olayın üzerinden geçen yıllar içerisinde belki kendisi bile buna inanmıştı. Kadına karşı duyduğu şeyin merhamet olmadığını kendi kendine itiraf ederken, yanıldığını da bir kez daha anladı. Merkezi arayıp Şule'yi serbest bırakmalarını isteyebilir ve şikâyetini geri alabilirdi ama yapmadı. Hastane tarafından kesin bir delil sunulamadığı sürece zaten dört-beş saat içinde serbest kalmış olacaktı. İşleri batıran Serhan ise, polis merkezindeki olayları akışına bırakmasında fayda vardı. Sonra pedofil olduğunu düşündüğü iş adamını gözünün önüne getirdi. Yıllar önce hakkında üst üste açılan ve kayıtlardan neredeyse silinip gitmiş olan iki farklı dava da iftira olabilir miydi? Bunu detaylı araştıramadığı için kendi kendine söylendi. Koruyucu aile diye bir kavramdan bahseden görevli kadını hatırladı. Adamın yetiştirme yurduyla ne gibi bir bağlantısının olduğunu mutlaka bulmalıydı. Sonuçta hiçbir çocuğun, yetiştirme yurdunun sınırları dışına öylece çıkarılması mümkün değildi. Merkez kayıtlarından adamla ilgili davaların geçmiş tutanaklarını bulabilirdi. Söz konusu olan bir çocuğun uğradığı istismarsa, mutlaka olaya şahitlik etmiş birileri vardı. Çocuktaki değişikliği ilk fark eden ya da çocuğun kendisine anlattıklarını mahkemeye taşıyacak bir ya da birkaç öncü. Hiçbir çocuğun uğradığı istismar sonucu karakola giderek şikâyetçi olduğunu görmemişti. Böylesi durumlar her zaman bir yetişkin tarafından dile getirilir ya da örtbas edilerek çocuğun durumu normal kabul etmesi sağlanırdı. Kafasından bunları geçirirken ayağa kalkıp huzursuzca odanın içinde sayamadığı kadar çok volta attı. Sorularının cevabını bulabilmek için oğlunu tekrar yalnız bırakması gerektiğinin farkındaydı.

Hiç âdeti olmasa da beklerken tırnak etlerini derinden koparmaya başladı. Sonra yine her zamanki gibi ani bir karar vererek merkezdeki yardımcısı Murat'ı aradı. Geçen yıl öldürdüğü pedofilin eline ruhsatsız silahı tutuşturan ve Serhan'ı kurtaran da Murat değil miydi? Araştırdığı ne varsa anlatabileceği kişiyi de aynı anda bulmanın verdiği rahatlamayla genç polisi hastaneye çağırdı. Beklerken konuyu nasıl özetleyebileceğini düşündü. Belki de yanıldığı ya da gözünden kaçırdığı bir detayı Murat yakalardı. Bir baba olarak içinde bulunduğu duruma karşı bu kadar hassasken, her şeye daha profesyonelce yaklaşabilecek birine ihtiyacı vardı. Tek başına olursa yine başladığı noktaya dönerek vakit kaybetmekten ve vakit geçtikçe de günün birinde oğlunu kaybetmekten korkuyordu. Yaklaşık yarım saat süren ölümcül sessizliğin sonunda, kapının yavaşça tıklanmasıyla kendine geldi. Ardından Murat'ı karşısında görünce hiç vakit kaybetmeden her şeyi en derin detaylarıyla dakikalar içinde özetledi ama genç polis düşünmek için vakit istemişti. Duyduklarının hiçbirine anlam vermemiş gibi boş gözlerle seyretmişti Serhan'ı. Olayların akışında görünmez bir delilik vardı sanki. Birçok şey akla mantığa uygun değildi. Sonra aklına acelesi olduğunu getirerek hiçbir durumda hastaneden ayrılmaması için Murat'ı sıkı sıkı tembihledi.

Doktorlar anormal bir durum iletmediği sürece Şule'nin serbest kalmasına daha saatler vardı. Odadan çıkmak için etrafa yaydığı kişisel eşyalarını toparladı. Tam ayrılmak üzereyken geriye dönüp bedeni buz gibi duran oğlunun alnını, gözlerini sımsıkı kapayarak üst üste öptü. Hızlı bir hamleyle arkasını döndüğünde az daha odaya giren hemşireyle çarpışıyordu. Kendini frenleyerek elinde tedavi tepsisini tutan kadından kibarca özür diledi. Vakit kaybetmeden koridora çıktığında az önce çarpmak üzere olduğu kadının yüzünü daha önce bir yerde gördüğünü düşündü. Kafasının içi düşüncelerle dağılmışken, nerede ve ne zaman denk geldiklerini hatırlayamadı. Emin olduğu tek şey acele hareket etmesi gerektiğiydi.

* * *

Dakikalardır gizlice izlediği adama yetişebilmek için adımlarını hızlandırdı. Yaşından beklenmeyecek bir çeviklikle yürüyen bakımlı ihtiyarı, sahibi olduğu plazanın çıkışında yakalamış ve kısa bir araç yolculuğunun ardından, adamın yürüyüş yaptığı sahile ulaşmıştı. Şimdi kendini fark ettirmeden peşi sıra yürüyerek adamın anormal sayılabilecek bir davranışını gözlemlemeye çalışıyordu. Yapacağı garip bir buluşma ya da uğrayacağı yasal olmayan bir mekân... Şu ana kadar her şey fazlasıyla huzurlu ve normal gitmişti. Adam yanında koruma taşımıyordu. Plazadan birlikte çıktığı orta yaşlı kadını bir avukat ofisinin önünde bırakmıştı. Kadın muhtemelen Murat'ın bahsettiği dişli avukatlardan biriydi. Sahil gezintisine şoför tarafından bırakılmış ama yürüyüşü yalnız başına yapmayı tercih etmişti. Devamında kısa süren iki farklı telefon görüşmesi yapan adam, önce salaş bir kafeye uğrayıp sadece beş dakika içeride kaldı. Sota bir köşede beklediği ihtiyarın dışarıya çıkmasıyla, adamın sadece kafenin tuvaletini kullanmış olabileceğini düşündü.

Böyle gizlice birini izlemekle asıl yasal olmayan şeyi kendisi yapıyordu. Elinde tek bir delil olmadan, sadece olayın yaşandığı evin sahibi olduğunu bildiği adamın bir gününe şahit olarak nereye varacaktı? Yanına gidip kendini tanıtsa? Anında reddedilerek, adamın avukatları tarafından amirinin aranmasını göze alamazdı. Merkezdeki ekibiyle her şeyi paylaşıp, amirinden oğlunun yaşadıklarına dair takip dosyası açılmasını isteyebilirdi. Yok, bu fikri daha önce düşünüp elediğini hatırladı. O gece o evde her ne olduysa güvenlik kamerasını devre dışı bırakan oğlu da bir şekilde suça bulaşmış olabilirdi ve sebepleri araştırırken ortada bir suç varsa, bunu ilk olarak kendisi bilmek istiyordu. Dakikalar boyunca adamın tempolu bir şekilde yürüdüğü yollardan benzer bir tempoyla geçti. Sonra belediyeye ait bir parkın önüne geldiklerinde adamın yine birkaç dakikalığına tuvalete girdiğini gördü. Sonuçta bu yaşta bir insan tansiyon ya da şeker hastası olabilirdi ve birtakım ilaçların çok fazla tuvalete gitme ihtiyacı hissettirdiğini biliyordu. "Adam bir daha tuvalete giderse onu tutuklayacağım." diye söylenirken, birkaç saniyeliğine de olsa kendi kendine eğlendi. Umumi tuvaletten çıkan ihtiyar bir süre denize karşı durup bekledi. Sonra da sahil şeridinde eşit aralıklarla dizili duran banklardan birine oturdu. Adamın kafasını çevirdiği her yöne bakarak görüş açısına giren ne varsa görmeye çalışıyordu. Bir süre daha sahili izledi ama sonra parkın çocuklara ayrılmış kısmına baktığını fark etti. Üzerinde takım elbiseyle akşam yürüyüşüne çıkması zaten garip gelmişti. Dakikalar boyunca çocukların oynadığı kısmı izleyen adam, dışarıdan bakıldığında torunlarını özlemiş bir ihtiyar gibi algılanabilirdi. Gittikçe kabaran öfkesine hâkim olmaya çalışarak, adamın oturduğu bankın arka çaprazında kalan bölgede beklemeye devam etti. Öfkenin şu an hiçbir şeye faydası olmazdı. Sonra adamın hareketlenmesiyle Serhan da peşinden devam etti. Adamın cebinden çıkardığı şeyi ıslak mendile benzetti. Muhtemelen banka temas eden ellerini temizlemekteydi. Sallanarak yürümeye devam eden ihtiyar, parkın olduğu yöne doğru ilerlerse sahilde kalan tarihi köşke gidebilirdi. Geriye dönüp geldikleri yolu gitmeyi göze alırsa olayın yaşandığı eve ulaşırdı. Birden fazla seçenek olması yeniden canını sıktı. Hiç acelesi olmayan ihtiyar parkın içindeki çimenlerin on santimlik tuğlalarla ayrıldığı yürüyüş yoluna saparak geriye dönmüştü. Adamın hemen arkasında olduğu için Serhan da refleks olarak yüzünü göstermemek için geriye döndü. Birkaç saniyelik çırpınmanın ardından yeniden adamın arkasına geçmeyi başarabildi. Dakikalarca yürüyerek geldikleri tüm yolu yeniden kat etmeye başlamışlardı. Akşam güneşi iyice alçalmaya başladığındaysa, nihayet sahilden ayrılarak yokuşun devam ettiği sokaklardan birine sapmışlardı. Yeniden kafasında beliren seçenekleri değerlendirmeye başladı. Adam buradan olayın yaşandığı eve iki şekilde ulaşabilirdi. Ya dümdüz yokuşu tırmanacak ya da nispeten daha düz sayılan ara sokakları kullanacaktı. Yaşını hesaba aldığında ara sokaklar daha mantıklı bir seçenekti. Hızlı davranmaya çalışarak adamın peşinden ayrılıp sağdaki ilk sokağa döndü. Adamla paralel ilerleyip ama ondan daha hızlı davranarak bir üst sokağın sapağına ulaştı. Şimdi aklındaki planı devreye sokabilirdi. Hastaneden sonra uğradığı merkezde internete girmiş ve kendine ait bilgisayardan gizlice bir fotoğrafın çıktısını almıştı. Adam kendisine yetişmeden, sahil tarafına kıyasla ıssız sayılabilecek sapağın biraz ilerisine yürüyüp fotoğrafı görünür bir şekilde asfalta bırakacaktı. Etrafı gözleyerek planladığı gibi fotoğrafı uygun gördüğü bir yere atıp tekrar sapağa dönüp gizlendi. Adam yemi yiyecek miydi? Kafasındaki birçok soruya birazdan net olarak cevap alacağını düşünerek sabırsızlıkla beklemeye devam etti. Zaman sanki olması gerektiğinden çok daha yavaş akıyor ve adam bir türlü beklediği yolun devamından görünmüyordu. Hesaplaması sapmış olabilir miydi? Ama evet! Önce adamın kahverengiye boyalı saçlarını gördü, sonra da ağır adımlarla kendisine doğru ilerlediğini... Artık iyice gizlenmeliydi. Nihayet yirmi ya da yirmi beş adım kadar daha devam eden adam, Serhan'ın yere attığı fotoğrafı fark etti. Bir saniyeliğine duraksadıktan sonra hiçbir şey görmemiş gibi yürümeye devam etti. Yere bıraktığı fotoğraf, internetten rast gele aratarak çıktısını aldığı elbise giymiş bir kız çocuğuna aitti. Pedofil olan bir sapığın hemen ilgisini çekeceğini düşündüğü cinsten bir görsel... Ama yaşlı adam, herhangi bir şekilde yere düşmüş, belki de çöpe atılırken başka şeylerle birlikte etrafa saçılmış bir kâğıt parçası gibi normal karşılamıştı fotoğrafı. Takip edildiğini anlamadığından emindi. Etraftan birilerinin görmesinden de çekinmiş olamazdı çünkü dar sokakta hiçbir hareketlilik yoktu. Adam evinin olduğu tepedeki sokağa doğru yürümeye devam ederken buradan da bir şey çıkmayacağını hissetti. Oğlunun durumuyla bağlantısı olabilecek tek kişinin karakter analizini yapıp bir yere varmaya çalışmıştı. O gece işlenmesi muhtemel bir suç ya da yaşanan olay her neyse ihtiyarın zaaflarından kaynaklanmış olabilirdi ama bir kez daha yanıldığını anladı. Yetiştirme yurdundaki davaların ardı ardına açılması ve sonrasında hakkında hiç dava olmaması da garipti. Belki de adamın alacağı bir ihale yüzünden tuzak kurmuştu birileri. Peki tedavi olmuş bir pedofil olabilir miydi? Birtakım aşılarla erkekliğin işlemez hâle getirilebildiğini biliyordu ama yan etkilerin çok fazla oluşu yüzünden bu yaşta bir erkeğin aşılanmaya devam etmesi ihtimaller dışında kalıyordu. Kafasından bunları geçirirken, önündeki yokuşta yürüyen ihtiyarla ilgili yanılmış olabileceğini düşünüp ileriye doğru bir adım attı. Sonra tam gizlendiği yerden çıkıp takibi bırakacağı sırada, adamın ani bir hareketle geriye döndüğünü fark etti. Epeyce ilerlemiş olan ihtiyar, hızlı hareketlerle yokuş aşağı yürümüş ve Serhan'ın bıraktığı fotoğrafı tek bir hamleyle pantolonunun cebine atmıştı.

* * *

Oturduğu tahta iskemlenin çıkıntıları, neredeyse vücudunun şeklini almaya başlamışken, kapalı olan odanın kapısı açıldı ve içeriye gençten bir kadın polis girdi. Kumral saçlarını ensesinde sımsıkı toplayan, geniş omuzlu ve sert mizaçlı kadını daha önce de görmüştü. Serhan'ın ekibinden olduğunu hatırladı ama hafızasını zorlasa da adını hatırlayamadı. Şimdi göz göze geldiği kadının gece boyunca kendisine sorulan soruları tekrarlamasını beklerken, acımaya başlayan belini yeniden iskemleye yasladı ama kadın sert ifadesini hiç bozmadan aceleyle söze girdi.

-Serbestsiniz.

Hiç beklemediği bir anda serbest kalışına sevinmek yerine şaşırdı. Muhtemelen kendisine bir avukat gönderileceğini ve yazılı ifadesinin polis tarafından bir kez daha okutularak imzalamasını isteyeceklerini düşünmüştü. Mahkeme gününe kadar tutuklu kalacağına kendini alıştırmaya başlamışken birdenbire ne olmuştu?

Gece boyunca önce Mert sonra Serhan ve sonra da ailesiyle ilgili tüm bilgiler ortaya dökülmüştü. Suçlanmaya o kadar alışmışken aniden serbest kalmak, sadece yorgunluğunu daha fazla hissetmesine sebep oldu. Yıllardır bir kez bile adını ağzına almadığı kardeşiyle ilgili ne kadar fazla cümle kurmuştu. Hayatına dair hiçbir şey bilmediği, geçmişine ait derin bir pişmanlıkla hatırladığı, yeryüzünde kalan tek akrabası... Oysa uzman bir psikiyatr olarak geçmişiyle defalarca yüzleşmemiş miydi? Sebepleri çok görünürdü. Ergenlikte yaşadığı psikiyatrik rahatsızlığına tanıyı da yine kendisi koymuştu. Munchausen by Proxy Sendromu. Kardeşini kendisine muhtaç ederek ailesini bir arada tutabileceğine inandıran hastalığının adı. Bağlılık yerine bağımlılık geliştiren pek çok insan bu hastalığa yakalanabilirdi. Emzirme dönemi bittiğinde çocukla arasındaki bağın da kopacağından korkan annelerin, ilerleyen dönemlerde kontrollü bir şekilde çocuklarını hasta ederek azalan bağlarını yeniden kuvvetlendirmeye çalıştığı görülmüştü. Sevdiklerini kendisine muhtaç ederek kendine bağlayan ve bundan hastalıklı bir zevk alan insanların psikolojik sorunuydu bu. Amaç öldürmek değilse de ölümle sonuçlanan birçok vaka okumuştu literatürde. Aradan geçen yirmi yılda yaptığı şeyi hem unutmaya çalışmış hem de belleğinin bir köşesinde kalması için uğraşarak yeniden aynı canavara dönüşmemeyi dilemişti. Gördüğü tedaviler başarılı olmasa, aynı hatayı hayatına giren pek çok insanın üzerinde tekrarlardı ama yapmamıştı.

Ayağa kalkarken konuşup konuşmamakta kararsız kaldı. Adını hatırlayamadığı kadına Mert'in durumunu sormak istiyordu ama suçsuz olduğu anlaşıldığına göre çocuk hâlen yoğum bakımda olmalıydı. Kapıdan dışarıya çıkmak için Şule'nin önünden adım atan kadın, sanki aklından geçenleri okumuş gibi geriye döndü.

-Mert'in sağlık durumunda gelişme olmamış.

Bir kez daha serbest kalışının sebeplerini düşünmeye başladı. Hastanedeki doktorlar, hakkındaki suçlamayla ilgili açılan dosyaya bir kanıt sunamadıkları için merkezde alıkonulmasına son verilmişti. Ortada bir suç yokken ve kendinden bu kadar eminken zaten sonucun böyle olacağını hissediyordu.

Sessiz konuşmaları polisin kurduğu cümleyle bölündü.

-Bir süre şehir dışına çıkmamanızı isteyeceğim.

Olur anlamında başını salladıktan sonra kadının tekrar yürümesiyle Şule'de peşinden devam etti. Serbest kalışı suçsuz bulunduğu anlamına gelmiyordu. Sadece ortada delil yoktu ama bulunan ilk suç unsurunda Şule tutuklanacaktı. Her şey ne kadar garip gelişmişti. Yıllardır konusunun hiç açılmadığı bir durum en olmaması gereken yerde gün yüzüne çıkıvermişti. Suçlu hissetmeye devam ederek geçmişi geriye getirmesi mümkün değildi. Gerçekleri anlattığı herkes ondan potansiyel yeni suçlar bekleyecekti. En güzeli gerçekleri silerek yeni bir gelecek inşa etmekti. Korkuyla yaşanmayacağını biliyordu ama hep korkmuştu gerçek Şule'nin kim olduğunu öğrenmelerinden. Geçmişini unutanlar, belki de onu bir kez daha yaşamak zorunda kalıyordu.

Sonra etrafından geçen sivil kıyafetli polislerin içinde Serhan'ı aradı gözleri. Hastaneden karga tulumba attırdığı karısının bütün gece merkezde kalmasına vicdanı sızlayarak, özür dilemek için çok geç kalmadan kapının çıkışına yakın bir yerlerde mahcup bir yüzle bekliyordu belki. Hızlı adımlarla ilerleyen kadın polisin arkasından aşina olmadığı koridorda devam ederken gözlerinde bir umutla etrafı taradı. Herkesin işiyle meşgul olduğunu, kimsenin kendisine bakmadan bir yerden başka bir yere koşturduğunu gördü ve ne söylendiğini anlamasa da birbirlerine karışmış telsiz seslerini duydu. Başını hiç yere eğmeden çıkış kapısına kadar ilerledi. Kamburunu çıkaracak ya da yere bakmasına sebep olacak bir suç işlememişti ki. Serhan'ın nasıl olup da yetiştirme yurdundaki kayıtlara ulaşabildiğini tahmin etmeye çalıştı. Sonuçta Şule'nin geçmişini araştıracak olsa bunu evlenmeden önce yapardı. Mert yoğun bakımdayken birbirlerine daha fazla tutunmaları gerekirdi ama ne olmuştu da Serhan karısının geçmişini öğrenmeye kalkmıştı? Yetiştirme yurdu kayıtlarına ulaşmadığı sürece aradan geçen yirmi yılın ardından kimse Serhan'a ulaşarak Şule'yi anlatmazdı. Yoksa Serhan kardeşine mi ulaşmıştı? Ama öyle olsa bunu mutlaka Şule'yle paylaşır hatta sorgulanması için açtırdığı dosyaya tanık olarak kardeşini ekletirdi. Kafasından bunları geçirirken bu kez umudu biraz daha sönmüş gözlerle etrafa baktı. Yok... Kimse gelmeyecekti. Yalnız başına kaldığı için değil ama haksız yere suçlandığı için gözleri yaşardı. Serhan nasıl olur da bu kadar basit düşünebilirdi? Boğazına düğümlenen hıçkırığı yutkunarak yok etmeye çalıştı. Masum olduğu er ya da geç kesin olarak ortaya çıkacaktı ama ilişkileri bir daha asla eskisi gibi olmayacaktı. Çıkış kapısının önünde hareketsiz bir heykel gibi beklerken sert mizaçlı kadınla yeniden göz göze geldi. Ağlamak istemiyordu ama gözlerinden istemsizce akan birkaç damla yaşı tutamadı. İfadesi birazcık yumuşar gibi olan kadın, sıkıntılı bir sesle konuştu.

-Size ulaşmam gerekirse, Serhan komiserin evinden ulaşacağım değil mi?

Bu sorunun cevabını hiç düşünmemişti. Kırılan gururu bir daha asla o eve dönmemesi konusunda ısrar ediyor, Serhan'ı özleyen diğer tarafı ise oğluyla ilgili bir krizde öfkesini kontrol edememesini normal buluyordu. Bencillik nedir hiç öğrenmemişti. Kendini bilmeye başladığı ilk zamanlarda bile başkalarının mutluluğu için yaşamıştı. Sevgiyi değil, ne olursa olsun bir arada olmayı ezberlemişti. Aileler birbirini sevmeseler de bir arada yaşarlardı. Eski hastalıklı düşüncelerini hatırlayınca birden şakaklarını mengene gibi sıkan kuvvetli bir basınç hissetti. Herkesin kendine ait bir hayatı vardı. Sevgi bağımlılık değil, bağlılıktı. Sonra Serhan'la aralarında bir bağ kalmadığını fark etti. Mert'in türlü hakaretlerine göz yumabilir ama Serhan tarafından incitilmeyi affedemezdi. Gözlerinden akan yaşları eliyle silerken güçlü bir ses tonuyla kadına cevap verdi. Kendine yeni bir düzen kurana kadar kalabileceği en doğru adresi söyledi. Haftada birkaç kez uğradığı muayenehanesine ait adresi...

3.
BÖLÜM

Dünya çok acı çekiyor;
kötü insanların şiddetinden değil,
iyi insanların sessizliğinden.

-Napolyon Bonapart

Eve ulaştığında hava iyice kararmıştı. Sivil polis aracını park için ayrılan kısma bıraktıktan sonra başını kaldırarak kendi oturdukları dubleks dairenin pencerelerine baktı. Işık yoktu. Yine de Şule'nin evde olması ihtimaline karşı içinde garip bir huzursuzlukla ses yapmamaya dikkat ederek eve girdi. Hiçbir hayat belirtisi yoktu. Tüm odaları sessizce kontrol etti. Kadınla karşılaşırsa ne konuşacağını düşünmediği için evde olmamasını dilemişti ama şimdi de merak etti. Bildiği kadarıyla karısının pek arkadaşı yoktu. Merkezden salıverilmesinin üzerine hastaneye dönmemiş olduğundan da emindi. Çalışmadığı zamanlarda vaktinin genelini evde geçirirdi. Saate baktı. Dokuz buçuğa geliyordu. Kot pantolonunun cebinde bekleyen telefonunu eline aldı ve kadını aradı ama telefonu kapalıydı. Sevgili oldukları günden beri ilk defa böyle bir kriz yaşıyorlardı ki kaç aile böylesi bir krizle imtihan olurdu? Oğluna dair hassasiyeti kadın tarafından anlayış görür müydü? Ne kadar üzüldüğünün en yakın şahidiydi işte. Sadece birkaç günde bile verdiği kilolar belirgin hâle gelmiş ve neredeyse hiç uyumadan oğluyla ilgili bir umudu araştırmıştı. En yakınındaki insanı suçlamak istemese de yerinde hangi baba olsa aynı şeyi yapardı. Şule'yle ilgili bulduklarını kendine saklayarak öylece bekleyebilmesi mümkün değildi. Oğlu bir nefes daha fazla alsın diye kendi canını bile verirdi. Kafasından bunları geçirirken Mert'in odasına girip gözünden bir şey kaçırmamak için her köşeyi detaylı bir şekilde aramaya başlamıştı. Çekmeceleri, giyinme dolabını, halıların altlarını, küçük banyoyu, sifon plastiğinin arkasında kalan boşluğu, duş hortumunun içini, parkelerin yerle birleştiği alanlarda kalan yerinden oynamış tahtaların içlerini... Bir ihtimal oğlunun kendisinden gizleyebileceği herhangi bir delil aramaya devam etti. Yarım saat kadar sonra zaten dağınık olan odanın içi âdeta savaş alanına dönmüş gibiydi. Yarısı içilmiş birkaç ucuz viski şişesinden başka şüphe uyandıracak tek bir kanıta ulaşamayınca, çalışma masasının üzerinde kalan dizüstü bilgisayarı kucakladığı gibi hızla evden ayrıldı. Belki göremediği bir detay bilgisayarın içinde gizliydi.

Merkeze doğru giderken Şule'yi bir kez daha aradı ama telefon yine kapalıydı. Kuvvetle muhtemel geceyi muayenehanesinde geçirecekti. Merkezdeki işleri erken biterse yanına giderek affedilmese bile endişelerini yok edebilirdi. Karısının geceyi güvenli bir yerde geçirdiğinden emin olması şimdilik yeterliydi. Merkeze girer girmez daha önce konuştukları gibi yardımcılarından Uğur'u da yanına alarak kendi odasına girdi. İçlerinde teknolojiden en iyi anlayan kişi Uğur olduğu için, çocuk bilgisayarın başına otururken Serhan da misafir sandalyelerinden birine ilişerek beklemeye başladı. Oğlunun pedofil bir sapıkla ne gibi bir bağlantısı olabilirdi? Adamın yurt dışında olduğu gece evine girip birlikte işledikleri bir suçun kanıtlarını ortadan kaldırmak istemiş olabilir miydi? Güvenlik kamerasının kablosunu kesebilecek kadar gözü dönmüş oğluna konduramasa da bilgisayarın içinden pedofiliye dair bir şeylerin çıkmaması için sessizce dua etti. Konu bu kadar hassas olmasa, olabilecek tüm ihtimalleri değerlendirmeye başlarlardı ama Uğur da Serhan da hiç konuşmadı. Dakikalar boyunca odanın içinde sadece bilgisayardan çıkan tuş sesleri duyuldu. Odaya giren çaycının getirdiği çayları da sessizce içtiler. Sonra sıkıntılı bir yüzle dışarıya çıkan Serhan oğlunun başında nöbetçi kalan polisi aradı. Durumunda hâlen bir değişiklik olmadığından emindi ama yine de her şeyi sordu. Doktorlar tedaviye devam ediyor ve durumunun stabil olduğunu söylüyorlardı. Uyutuluyor olmasına rağmen polisten telefonu oğlunun kulağına götürmesini istedi. Hastane odasından gelen monitörün düzenli çınlama sesini daha yakından duyunca, az önce içtiği çayın midesinden yükselerek ağzına geldiğini hissetti ama baygın olan oğlunun kendini duyabilecek olması ihtimalini düşünüp, ağlamaklı sesini derin bir nefes alarak kontrol etti.

-Biraz işim var babacığım. Sonra hemen yanına geleceğim. Ben gelince uyanmış ol, tamam mı?

Telefonu kapattıktan sonra yardımcılarının çalıştığı bölüme girdi. Boş olan masaların üzerinde sigara paketi görebilmek için etrafı tararken cep telefonundan gelen sesle irkildi. Ekrana baktığında arayanın Murat olduğunu gördü.

-Efendim Murat?

-Takibe devam ediyorum komiserim. Şimdilik anormal bir durum yok.

-Neredesin?

-Adam lüks bir restoranda tek başına yemek yedi, ben de arka masasında kahve içiyorum.

-Bütün rutinlerini öğrenmemiz lazım Murat. Görüştüğü birileri olursa fotoğraf çekmeye çalış.

-Peki komiserim.

Telefonu kapattıktan sonra bir süre buraya ne aramak için geldiğini hatırlayamadı. Birkaç dakika öylece bekledikten sonra Uğur'un sesiyle kendine geldi.

-Komiserim işim bitti.

Kalbinin atışını kulaklarında hissederken kendi odasına doğru yürümeye başladı. Acaba ne bulmuştu? Aklına gelen tüm ihtimaller gözlerinin önünden film şeridi gibi geçerken yürüdüğü yolun hiç bitmeyeceğini düşündü. Az sonra hayatıyla ilgili kararı duyacak bir kurban gibi sıkıntılı bakışlarla odasına girdi. Bilgisayarın kapağını kapatan Uğur'un yüzünden bulduklarını anlayabilecekmiş gibi kısa bir süre çocuğu inceledi ama komiserini bekletmek istemeyen çocuk söze girdi.

-Temiz komiserim. Aynı cümleyi bir kez daha tekrarlaması için bilinçli olarak sordu.

-Anlamadım?

-Bilgisayar temiz komiserim. Suç sayılabilecek herhangi bir anormal durum yok.

Ani gelen rahatlamanın etkisiyle gövdesinden boşalan terlerin gömleğine yapıştığını hissetti.

-Geçmiş kayıtlar peki?

-Sadece birkaç oyun ve sosyal medya sitelerindeki yazışmalar ama onlardan da bir şey çıkmaz.

-Elif Aydın adına açılmış bir hesapla yazışması var mı?

-Adı Elif değil ama düzenli olarak yazıştığı bir hesap varmış.

Yazıcının uğuldamaya başlamasıyla bütün ilgileri o yöne kaydı. İlk çıkan kâğıdı eline alan Uğur:

-Sohbet dökümleri, dedi.

Yazıcıyı göstererek ekledi.

-Devamı da geliyor.

Serhan kâğıdı eline alır almaz satırları okumaya başlamıştı bile. Sonra diğeri ve diğeri derken yaklaşık yirmi sayfalık bir konuşma özetini sadece birkaç dakika içinde okuyup bitirdi.

-Bahsettiği kız bu olmalı.

Kâğıtlardaki dökümde iki gencin masum yazışmaları, birbirlerine gönderdikleri anlamsız ikonlar ve kısaltılmış kelimeler vardı. Sonra kâğıdın sol kısmında kalan profilde fotoğraf olmadığını fark edip sordu:

-Kızın neden fotoğrafı yok?

-Muhtemelen hesabını kapattığı içindir.

-Bu yazışmaların yapıldığı bilgisayara ulaşabilir misin?

-IP adresi değiştirilmemişse mümkün ama zaman alır.

-Ne kadar zaman?

-Belki birkaç gün.

Aldığı cevabın üzerine Serhan sıkıntıyla yüzünü buruşturdu.

-Bu kıza ulaşmamız çok önemli Uğur. Eğer o gece oradaysa, yaşananları öğrenebileceğimiz tek kişi bu kız.

Binadan atlayan olmamıştı ve bahsedilen kız buysa hayattaydı. Bir süre daha merkezde oyalanıp düşünmeye devam etti ama sonra saatin neredeyse gece yarısına gelmek üzere olduğunu fark edip ayağa kalktı. Şule'nin muayenehanesine gidip kadının orada kaldığından emin olmalıydı.

* * *

Uzun zamandır birkaç saatten fazla zaman geçirmediği ofisinde uyumak zorunda kalınca, sırasını bekleyen hastaları için ayrılmış ikili koltuğu kullanmıştı. Havanın sıcak oluşu ve gördüğü kâbuslar yüzünden fazlaca terleyen gövdesinin deri koltuğa yapıştığını hissederken tiksinerek doğruldu. Etraf yaşam alanı olamayacak kadar kirli görünüyordu.

Gündelikçi kadın akşamüzeri uğramış ama yalnız kalmak istediğinden kadını evine göndermişti. Ayağa kalkmak için koltuğun önünde duran ayakkabılarını giydi. Şehrin merkezi sayılmayacak bir bölgesinde bulunan iş hanının giriş katındaki ofis, gecenin bu saatinde yalnız bir kadın için fazlasıyla ürkütücüydü. Zifirî karanlıkta muayene yaptığı odaya doğru yürüyerek açık olan camı kapattı. Dışarıda deyim yerindeyse in cin top oynuyordu. Geriye dönerek zamanında ofis giderlerini ucuza getirebilmek için tuttuğu dairenin mutfak olarak kullandıkları bir metrelik tezgâhının önüne doğru yürürken holdeki loş ışığı yaktı. İçeride hayat belirtisi olduğunu dışarıdan kimselerin görmesini istemiyordu. Boş olduğunu bilse de şansını denemek için mini buzdolabının kapağını açtı. Kendini bile soğutmaktan aciz aygıtın kapağı gıcırdayarak açılınca içinin boş olduğunu gördü. Sonra yine muayenehane olarak kullandığı odaya dönüp masada duran cep telefonunu eline aldı. Ekrana dokunduğunda ışık yanmayınca Serhan'a olan kırgınlığını belli etmek için merkezden çıkar çıkmaz telefonu kapattığını hatırladı. Dışarıdan yemek söylemek için bilgisayarı kullanabilirdi. Masanın etrafından dolanarak hasta baktığı günlerde beyaz önlüğüyle oturduğu koltuğuna geçti. Bilgisayarın tuşuna dokunurken içeriye biraz hava girmesi için pencerenin jaluzisini kaldırıp camı araladı. Uzaklardan gelen silah patlamasına benzer bir ses duyunca yine ürperdi.

Şu an maruz kaldığı bu durumu hak etmiyordu. Kocası tarafından yapmadığı bir şeyle suçlanmış ve resmen merkeze ihbar edilmişti. Hepsinden kötüsü de söz konusu oğlu olunca canavara dönüşmüştü adam. Şule'nin kolunu sıkarken alnından beliren öfke damarını ve kanlanan gözlerini hatırladı. Sanki Mert'e bunu yapanın Şule olduğundan emin olsa oracıkta öldürecekti karısını. Hayatındaki insanın hayattaki önceliği kendisi değildi ve en çok bunu fark ettiğinde kırılmıştı. Belki ilk günden beri bunun böyle olacağını biliyordu ama yüzleşmek zorunda kalınca insan çok daha azla acı çekiyordu. Aklından bunları geçirirken açılan bilgisayarından gelen seslerle yeniden ürperdi. Çok fazla mail aynı anda listelenmişti. Yemek söylemeden hiçbir şeyi okumak istemese de son gelen mailin konusu dikkatini çekti. Şaşkınlıkla "Serhan Balcı hakkında" yazan mailin içeriğine tıkladı. İçerik boştu ama ekte PDF türünde bir dosya vardı. Hiç vakit kaybetmeden onun da üzerine tıkladı. Yeliz Balcı ismini görünce birden damarlarındaki kanın çekildiğini hissetti. Serhan'ın ölen karısının intihar raporunu kim ne amaçla Şule'ye gönderirdi ki? Kendine engel olamayarak, acı verse de satırları hızla okumaya başladı. Gönderen kişi tarafından ilgisini çekmek amacıyla özellikle altı çizilmiş kısmı okurken nefesini tuttu. Kadının intihar dosyası şüpheli olarak değerlendirilmişti. Kendini attığı balkon korkuluklarında yapılan kriminal inceleme, demirlerin daha önceden yerinden oynadığını ve kadının dengesini kaybederek aşağıya düşmüş olabileceğini yazıyordu. Komşulardan alınan ifadelere göre kadının daha önce de gün içinde defalarca balkon korkuluklarına yaslanarak durduğu görülmüştü. İlk şüphelere göre karısının rutinlerini bilen Serhan, balkon korkuluklarıyla oynayarak kadının aşağıya düşmesini sağlamıştı. Kocası eski karısının intihar süsüyle ölmesi için böyle bir tuzak kurmuş olabilir miydi? Belki de Serhan kendisi katil olduğu için Şule'den şüphelenmişti. Geçmişini araştırmasa ıslah evi gerçeğini hiçbir yerden bulamayacağını biliyordu. Peki, dosyayı okuyan herhangi bir kişinin bile şüpheleneceği ilk isim Serhan olacakken, nasıl olur da polis tarafından suçsuz bulunmuştu? Öfke kontrolü yoktu. Tecavüzcüyü öldürdüğü için günlerce gazetelerde adı geçmişti. Mert'le ilgili Şule'yi suçlarken her şeyi yapabilecek bir hâldeydi ama Serhan'ın profilindeki bir erkek, karısını öldürmek istese bunu kavga esnasında yapardı. Zaten cinayetler de üçe ayrılırdı. Öfke anına denk düşen, önceden planlanan ya da kazayla sonuçlanan. Balkon korkuluklarına zarar vermek öfke anına denk düşmüyor, tam tersi önceden planlanan cinayetler sınıfına giriyordu. Aklından bunları geçirirken, aralık duran camın yansımasından kendisine bakan silueti fark edince yüksek sesle çığlık attı. Bilgisayarın ışığına adapte olmuş gözleri, karanlığın içindeki adamı hemen seçememişti ama birkaç saniye içinde hareketsiz bekleyen kişinin Serhan olduğunu anladı. Kadın çığlık atınca cama doğru uzanan Serhan:

-Korkutmak istemedim, özür dilerim, dedi.

Şokun etkisini üzerinden atamayan Şule şaşkın gözlerle bakarken devam etti.

-Kapıyı açar mısın?

Korkudan kızaran kulaklarını elleriyle tutarak birkaç saniye düşündü. Kapıyı açarsa kendisine zarar verir miydi? Sonra hâlen açık olan bilgisayarın ekranını tek hamleyle kapattı. Gitmesini istese ve bunu kibarca söylese? Yok, Serhan içeriye girmeden hiçbir yere gidecek gibi görünmüyordu. Birden çantasındaki biber gazı aklına geldi. Çaktırmadan elinde bekletse sorun olur muydu? Ne hâle gelmişlerdi böyle? Kocasından ölümüne korkuyordu. Serhan'ın giriş kapısına yöneldiğini görünce isteksiz adımlarla yürüyüp çaresizce kapıyı açtı. Duygusal kırgınlığı artık çok geride kalmıştı. Yaşama güdüsü devreye girdiği için büyük bir dikkatle adamın hareketlerini izlemeye başladı. İçeriye giren Serhan muayene odasına yöneldi.

-O kadar korkmuş olamazsın.

Şule cevap vermeyince devam etti.

-Aslında sadece seni merak etmiştim.

Şule kekeler gibi başladığı cümlesini hızla bitirdi.

-Ben iyiyim.

Ayakta dikilen Serhan sıkıntıyla derin bir nefes aldı.

-Hadi burada böyle kalma. Gel, evimize gidelim.

-Orası senin evin.

-Orası bizim evimiz Şule.

Adamı sinirlendirmekten korktuğu için bu sefer cevap vermedi. Odanın eşiğinde gözlerini Serhan'dan ayırmadan beklerken, adamın üzerine doğru birkaç adım atmasıyla Şule de arkasına bakmadan adımlarını geriye doğru atmaya başladı. Aralarındaki mesafeyi sabit tutmak ister gibi adam yaklaştıkça

Şule de uzaklaşmaya başlamıştı. Küçücük ofiste gidecek yeri kalmayınca da holün bittiği duvara yaslanıp bekledi. Serhan iyice yanına geldiğinde üzgün bir yüzle kendisine bakarak konuştu.

-Seni incittiğimi biliyorum.

Maili Serhan'a göstermek akıllıca bir hareket olur muydu? Kendi kendine sorduğu soruya olumsuz şekilde yanıt verdi. Yeniden Mert'le ilgili suçlarsa ve aldığı cevaplardan tatmin olmayarak üzerine saldırırsa yapacağı hiçbir şey yoktu. Avazı çıktığı kadar bağırması bulundukları iş hanında yardım gelmesini sağlamazdı. Bir doksan boyunda, doksan kilo bir adamın karşısında titremekte olan bedenini arkasında bekleyen duvara iyice yapıştırdı. Üzerine doğru hareket ederse belgeselde izlediği geyikler gibi hareketsiz kalmayı başarabilir miydi? Aklından bunu geçirirken pes etmiş bir ifadeyle arkasını dönen Serhan'ın sekreterin kullandığı odaya yöneldiğini ve yerde duran saksıdaki taze çiçeğin üzerine iliştirilmiş kartı eline aldığını gördü. Saniyeler önce pişmanlıkla yalvaran adam, birden bire öfkeden deliye dönmüştü.

-Bu adam sana nasıl çiçek gönderir Şule?

Anlamadığı için yüzünü buruşturup yanıtladı.

-Hangi adam?

-Haşim Bayrak!

Titreyen elleriyle Serhan'ın kendisine uzattığı kâğıdı eline alıp sessizce okudu. "Geçmiş olsun dileklerimle... Haşim Bayrak." Cevap bekleyen Serhan'ın alnındaki damarın yeniden belirginleştiğini fark etti.

-Bilmiyorum.

-Nasıl bilmezsin ya? Pedofil bir sapıkla karımın ne ilgisi olabilir?

-Gündelikçi kadın almış sanırım içeriye. Yemin ederim haberim yok.

-Şule?

-Bilmiyorum Serhan.

-Oğlum ölüm döşeğinde. Olaylarla bir ilgin varsa ya şimdi söyle ya da seni öldürürüm Şule!

-Yemin ederim bilmiyorum.

Aldığı cevap yüzünden sinirden çılgına dönen Serhan, kontrolsüz bir güçle duvarı yumruklamaya başladı. Birkaç sert darbeden sonra durması gereken yere yine kendisi karar vererek Şule'nin elinde duran not kâğıdını alıp çıkış kapısına yöneldi. Çıkmadan önce de arkasını dönmeden konuştu.

-Bana iki kere yemin ettin... Ben de bağlantın varsa bulacağıma yemin ediyorum.

Çıktığı kapıyı sert bir hamleyle kapattı.

* * *

Yaylı tuvalet kapısına dokunmamaya dikkat ederek ayağıyla ittiği aralıktan dışarıya çıktı. Lüks restoranın gece kulübü olarak kullanılan kısmından gelen yüksek sesli müziğin ritmine uygun bir şekilde kafasını sallayarak ellerini yıkadı. Sensörlü musluklar en çok kendisi gibi temizlik hastalarını mutlu etmişti. Hiçbir yere dokunmadan aynadaki görüntüsüne baktı. Gayet yakışıklı görünüyordu. Tuvaletten çıkmak için hamle yaptığı sırada cebindeki telefonundan yükselen melodiyi duydu. Bu saatte kim arıyordu? Takım elbisesinin ceket cebindeki telefonu eline aldığında ekranda bilinmeyen numara yazısını okudu. Hiç düşünmeden cevap verdi.

-Alo?

Kaşı taraftan ses gelmeyince aynı kelimeyi tekrar etti.

-Alo?

-Takip ediliyorsun.

Metalik bir erkek sesi konuşmuştu. Ne diyeceğini bilemeden düşünürken ses devam etti.

-Peşinde polisler var. Her hareketini izliyorlar.

-Siz kimsiniz?

-Şimdi dediklerimi yap ve polislerden kurtul.

Telefondaki sesin kime ait olduğunu bilmese de garip bir itaat duygusuyla dinlemeye devam etti.

-Tuvaletten çık.

Emre söylenene uyarak kapıdan çıktı.

-Masana dön.

Az önce kalktığı masaya doğru sakin görünmeye çalışarak yürüdü.

-Arka çaprazında kalan bistrodaki adam...

Kafasını hafifçe o yöne çevirirken ses devam etti.

-Polis.

Kendisine bakan adamla göz göze gelince kafasını çevirip az önce kalktığı masaya oturdu.

-Hesabı ödemek için sana beş dakika veriyorum. Sonra yine arayacağım.

Ve telefonunun kapandığını anladı. Telefondaki sesin doğru söyleyip söylemediğini anlamak için beş dakikası vardı. Eliyle garsonlardan kendisiyle ilgilenene işaret verip hesabı istedi. Yıllardır geldiği mekânda fazlaca bahşiş bıraktığı için personel tarafından sevilirdi. Bir dakika kadar sonra elinde deri bir kabın içinde hesabı tutan garson yanına geldi. Bu sefer bahşişi abartarak ve fazladan bıraktığı parayı garsonun görmesini sağlayarak orta yaşlı adama yaklaşarak sordu.

-Şu arka bistrodaki adam...

Garson o tarafa yönelince adamı kendine doğru çevirdi.

-Polis olup olmadığını öğrenebilir misin?

-Tabii Haşim Bey, hemen.

Kendisine verilen gizli görevden haz aldığı belli olan garson hızlı hareketlerle masadan uzaklaşıp birkaç dakika sonra geriye geldi.

-Girişteki güvenliğe silahını bırakmamak için kimlik göstermiş. Yani evet, polis.

Adama gizlice sus işareti yaparak eline katlanmış bir banknot daha sıkıştırdı. Oturduğu yerden kalkmak için hamle yaptığındaysa telefonunun yeniden çaldığını duydu. Bilinmeyen numara arıyordu.

-Üstat?

-Şimdi sakin görünerek mekândan ayrıl.

Acele ettiğini belli etmeden normal bir tempoda yürüyerek restorandan dışarıya çıktı.

-Taksiye binme.

Geceye başka bir yerde devam etme ihtimaline karşı şoförünü yanında getirmemişti ve telefondaki ses bunu biliyordu.

-Sağa dön ve ilk sokaktan tekrar sağa dön.

Yine büyük bir itaatle denilenleri harfiyen uyguladı. İkinci sağa dönerken geriye baktığında polisin peşinden geldiğini gördü.

-Arkana bakma, devam et.

Telefondaki sesin arkasına baktığını biliyor oluşu tedirgin edince refleks olarak başını kaldırıp etrafındaki binaları görmeye çalıştı. Birkaç saniye sürdürmeye cesaret edebildiği keşif bakışıyla kendisini izleyen birini görebilmesi mümkün değildi. Telefondaki sesin Üstat olması ihtimaline karşı yeniden kimsiniz diye sormaya da cesaret edemedi. Sonra iyice kıstığı sesiyle kibarca konuştu.

-Polisin neden beni takip ettiğini avukatlarıma sorabilirim.

-Avukatların işimize karışmasını istemeyiz değil mi Gözcü?

Gözcü mü? Bunu sadece birkaç kişi dışında kimsenin bilmesi mümkün değildi. Lakabını duyunca birden kendini telefondaki sese itirazsız teslim etmesi gerektiğini hissetti.

-Siz nasıl derseniz.

-Gördüklerimizden de sorumlu tutuluruz değil mi?

Telefonu tuttuğu eli aniden buz gibi oldu. Şimdi ne cevap vermesi gerektiğini bilmeden sadece yürüyordu. Birkaç dakika sonra yine telefondaki ses konuştu.

-Sola dön.

Denileni yaptığında kalabalık bir caddeye çıkmıştı. Yaz mevsiminin ortasında cadde boyunca kurulmuş kafelerden dışarıya taşmış insan kalabalıklarını yararak yürümeye başladı.

-Hızlan.

Ne kadar hızlanmasını gerektiğini bilmese de kontrollü bir şekilde adımlarını sıklaştırmaya devam etti. Kafelerin devamında rengârenk ışıkların ve birbirine karışmış müzik seslerinin geldiği bölgeye yaklaştığında neredeyse koşar gibiydi.

-Üç adım sonra sola.

Önce sola sonra yine sesin yönlendirmesiyle iki kez daha sola dönerek, lunapark alanından çıkıp kafelerden birine girdi. Girer girmez de bahçe kapısından ikinci çıkışı kullanarak dar bir sokağa saptı. Şimdi ilk gördüğü taksiye binmesi için emir almıştı ve birkaç saniye içinde sokakta boş bir taksi belirdi. Mucize gibi gelen araca binerken tedirgin hareketlerle etrafa baktı ve sonra dikiz aynasından şoförle göz göze geldi.

Hiç tanıdık gelmeyen gözler tedirginliğini daha da artırırken, telefondaki ses gideceği adresi söyledi.

-Evine dön.

Şoföre semt adını söylerken telefondaki ses son kez konuştu.

-Telefonunu açık tut. Tekrar konuşacağız.

Haşim Bayrak bindiği taksiyle hızla uzaklaşırken fuar alanının ortasında kalan Murat ne yapacağını bilemeden etrafına bakınmaya devam etti. Gece boyunca kendi hâlinde davranan adam, birdenbire sır olup gitmişti.

* * *

Hastanenin camekânlarla bölünmüş kantininde hiç uyumadan sabaha kadar bekledi. Güneş yükselmeye devam ederken içerideki hareketlilik artmaya başlayınca nöbetçi doktorun yanına gitmek için ayağa kalktı. Oğlunun durumunda hiçbir değişiklik olmadığından tetkikleri sıklaştırmışlar ve artık Mert'in odasına sadece iki dakikalık ziyaretler yapmasına izin veriyorlardı. Maske, önlük ve bone giymeden yanına yaklaşamadığı ve eldivensiz parmaklarıyla dokunamadığı oğluyla arasına dün gece başka bir paravan daha çekildiğini hissetti. Sanki birbirlerinden gitgide uzaklaşıyorlardı. Oğlu ölüme giderken Serhan hiçbir şey yapamadan öylece bekliyordu.

Bedeni daha fazla ne kadar dayanır bilemiyordu ama hızlı adımlarla nöbetçi doktoru görmek için alt kata indi. Her yeni güne başlarken aynı şeyleri söylemekten bıkmış doktorun ağzından çıkan cümleleri yeniden hayal kırıklığıyla dinledi. Sorun bulunamıyordu. Oğlunun durumu sabitti. Kötüye gitmiyordu ama ayıltmalarına yetecek kadar da iyi değildi. İki dakikalık hakkını şimdi kullanabilmek için izin istedi. Her şey geceki ziyaretinin tekrarı gibiydi. Ağlamaya başladı ama oğlunun bir şekilde kendisini duyabilme ihtimaline karşı hıçkırıklarını tutarak sessizce ağladı. Süresi bittiğinde ne yapacağını, nereye gideceğini bilmeyen çaresiz bir adam gibi koridorda ilerlemeye başladı. Servisteki hareketlilik arttığı için kimseyle göz göze gelmemeye dikkat ederek yürümeye devam etti. Pes etmenin zamanı değildi. Mutlaka gözden kaçırdığı bir şeyler vardı. Bulamıyordu. Oğlunun o gece o evde ne yaşadığını bir türlü bulamıyordu. Bağlantıları çözerse sonuca çok yaklaşmış olacaktı ama her şey birbirinden son derece bağımsızdı. Aracını merkeze doğru sürerken Murat'ı aradı. Saat erkendi ama şu an sorun Murat'ın uyanacak olması değildi. Gece boyunca yaptığı takipte adam izlendiğini anlayınca ortadan yok olmuştu. Şule'ye gönderilen çiçeğin, firma tarafından önce eve sonra da adreste kimse bulunamadığı için karısının muayenehanesine gönderildiğini öğrenmişti. Kulağında beklettiği telefon birkaç kez çaldıktan sonra açıldı ama Murat sandığı gibi uyumamış merkezde sabahlamıştı. Aracının hızını iyice artırarak devam etti. Merkeze ulaştığında girişteki makineden sert bir kahve alıp odasına yöneldi. Makinenin suyu yeterince ısıtmadığından ilk defa şikâyet etmedi ve odasına girene kadar kahvenin neredeyse tamamını midesine indirdi. Kendi odasında beklemesini söylediği Murat, Serhan'ın kapıdan girmesiyle ayağa kalkınca eliyle otur işareti yaptı. Şu an içinde bulundukları durumda gereksiz saygı ritüellerinin anlamı yoktu. Masasına geçmeden konuştu.

-O eve girmem lazım Murat.

Yardımcısı bahsettiği evin hangisi olduğunu hemen anlamıştı.

-Yasal yollardan imkânsız görünüyor komiserim.

-Adamın takip edildiğini anladığından emin misin?

-Bir anda bir telefon geldi ve adam hızla restorandan ayrıldı. Sonra da anlattığım gibi beni ekti.

-Takip edildiğini bildiren bir telefon ama kimden?

-Avukatları?

-Avukatları seni ekmesini söylemezlerdi.

-Ayrıca yanıma gelerek neden takip ettiğimi sorabilirdi.

-Başımızı belaya sokabilecekken neden ortadan yok olmayı seçti?

Murat'ın masaya bıraktığı sigara paketinden bir tane alan Serhan devam etti.

-Sadece suçlu bir adam böyle hareket edebilir ama suçu ne?

-Ortada bir kız, bir iş adamı ve Mert var.

-Bir de bahsi geçen kızın intihar etmeden önce kurduğu cümle…

Gözlerini kısan Murat hafızasını yoklayarak Serhan'ın yarım bıraktığı cümleyi tamamladı.

-Gözcüler gözleyenleri sevmezler.

-Bir delinin ağzından çıkacağı kesin bir cümle ama burada kast edilen gözcü bir takma isimse, olay bir örgüt işine dönüyor.

-Dinlemelere takılmamak için takma isimler kullanan bir şebeke.

-Daha önce yürüttüğümüz dosyalara verdiğimiz isimler gibi.

-Gizliliğin mutlak korunması için kendi aralarında şifreler geliştirmişler.

-Ya da oğlum gerçek bir şizofren ama bunu kabul ettiğimde tek bir adım bile ilerleyemiyorum.

Serhan yaktığı sigaradan derin bir nefes aldıktan sonra aklına gelen ve canını sıkan başka bir yerden devam etti.

-Evime çiçek gönderecek kadar arsız pezevenk.

-Arsız davranarak suçsuzluğuna kanıtlar ekliyor.

-Eğer bir mahkeme kurulursa evinde fenalaşan şizofren çocuğun ailesine destek olarak yüreğinin güzelliğini gösterecek.

-Ve bu davranışı takdir görecek.

-Şikâyetçi olmamasını da kullanacak avukatları.

Bir süre ikisi de yorum yapmadı ama sonra sessizliği Serhan bozdu.

-Sen adamı takip etmeye devam edeceksin, ben de eve gireceğim.

-Adamın kullandığı üç farklı ev var.

-Tabii ki olayın yaşandığı eve gireceğim.

-Bir şey daha dikkatinizi çekti mi?

Murat'ın kurduğu cümleyi tonlama şeklinden neyi kast ettiğini anlamıştı. Serhan devam etti.

-Günlerdir olayın gerçekleştiği evi kullanıyor.

-Ertesi gün firma çağırarak evi temizletmesi, avukatlar tarafından arama izni çıkmasının engellenmesi... Sizce evde bir delil bırakacak kadar aptal mı?

-Değil ama kriminal inceleme için küçücük bir delil bulmam yeterli.

Serhan düşünmeye devam etti. Bulmaya çalışacağı şey ne kadar küçük olursa gözünden kaçırma ihtimali de o kadar büyüktü.

* * *

Çalışma odasının kilitli olan kapısına iki kez tıklandığını işitince açık olan bilgisayarının kapağını kapatıp ayağa kalktı. Etrafta kimselerin görmesini istemediği bir şeyler bırakmış olma ihtimaline karşı odayı gözleriyle taradı. Temizdi. Sonra yavaşça ayağa kalkıp kapıyı açtı. Yardımcı kadınlardan birisi ilaçlarını getirmişti. Kadın elinde tepsiyle karşısında dikilirken saatine baktı. Dokuza gelmek üzereydi. Acele etmezse doktor randevusunu kaçıracağını düşünerek tansiyon ve prostat ilaçlarını ardı ardına içti. Doktor kan tahlili yaparsa diye kahvaltı da etmemişti. Gece boyunca bölük pörçük uyuduğu için yorgun hissediyordu. Peşine takılan polisleri ve Üstat'tan gelen telefonu aklına getirdi. Her ihtimali düşünerek ortalıkta tutmaması gereken ne varsa birkaç saat içinde yok etmişti. Daha önce de buna benzer krizler atlattıklarını düşünerek kendini rahatlamaya çalıştı ama içinde değişik bir sıkıntı vardı. Yaşına uygun spor takım elbisesini üzerine geçirdikten sonra kravat takmaya ihtiyaç duymadan bina içi asansörü kullanarak alt kata indi. Şoförün kapıda kendisini beklediğini görünce elinde tuttuğu güneş gözlüklerini takarak kapıdan çıktı. Araca binmeden önce sakin hareketlerle etrafı kolaçan etti. Ormanlık yolun devamında ya da sapa sokağın mezarlık tarafında herhangi bir anormallik yoktu. Yine de tedirgin bir ruh hâliyle güneş gözlüklerinin arkasına gizlediği gözlerini açık tutacaktı. Araç hastaneye doğru yol alırken dikiz aynasından peşleri sıra gelen araçları izlemeye devam etti. Günler önce evinde fenalaşan şizofren çocuk yüzünden mi takibe alınmıştı? Ama hakkında açılan yasal bir dava olsa avukatları saniyesinde bilgi geçerlerdi. Hem zaten suçlu gibi görünmemek ve polisi kendinden uzaklaştırmak için adamın evine çiçek bile göndermişti.

Kafasından bunları geçirirken oldukça lüks hastanenin VIP girişini kullanarak bahçesinden geçip hasta araçları için ayrılan kısma park ettiklerini anladı. Şoför kapısını açana kadar hareket etmedi. Araçtan inerken son kez cebinde bekleyen telefonunu kontrol etti. Üç ayda bir yaptığı gibi prostat muayenesi için üroloji servisine gitmek üzere hastanenin camekânlı kapısından girdi. Ezbere bildiği yolu hızlı adımlarla kat ederken yine idrar yollarında büyük bir sızlama hissetti. Ameliyat olmamak için direndiği hastalığına ilaçlar fayda etmemeye başlamıştı. Gün içinde defalarca tuvalete gidiyor ama birkaç damladan fazla idrar yapamıyordu. Sızlama ve ardından gelen dayanılmaz yanma hissi canından bezdirse de ameliyat olmak istemiyordu. Doktorun kapısına geldiğinde yanıltıcı idrar yapma hissinin geçmesi için birkaç saniye hareketsiz şekilde bekledi. Kibar bir hasta danışmanı yanına gelip ismiyle hitap edince de odadan içeriye girdi. Asık suratıyla bilgisayarın başında oturan orta yaşlı doktor kendisini görünce ilk aşkına rastlamış gibi kocaman sırıttı.

-Hoş geldiniz.

-Hiç hoş bulmadım.

Şikâyetlerinin katlanarak arttığını da ekledi. Ameliyattan başka şansı olmadığını duymak istemiyordu ama doktor yine aynı cümleleri tekrarlamaya başlamıştı. Sırıtarak kurduğu her cümlenin yüklemini vurguyla bitiren adama bakınca yeniden sinirlendiğini hissetti. En pahalı, en etkili, en ulaşılmaz ilaçlar bile iyi gelmiyordu artık. Bulunduğu odada sadece kendi sözünün geçtiğini biliyordu. İlaçlarının mümkün olan en yüksek doza sabitlenmesini istedi. Bir de kan vermek için laboratuvara gidecekti. Odadan ayrılırken doktora bir kart uzatarak Fransa'dan gelen en pahalı içkilerden istediği kadar seçmesini söyledi.

Tedavisinden memnun değildi ama gücünün karşısında herkesin eğilmesi tatmin ediciydi. Yine ilk aşkını uğurlar gibi yüzünde garip bir hüzün beliren doktorla vedalaşarak odadan ayrıldı. Hasta danışmanı kızın eşlik etmesiyle laboratuvara doğru yürümeye başladılar. Asansöre bindiklerinde iyice yanına yaklaşan kızın ucuz parfümünün çiçekli esansı midesini bulandırdı. Asık suratlı, şık giyimli insanların arasından geçerek laboratuvara indiler. Kan verme faslını bir an önce bitirip buradan gitmek istiyordu. Laboratuvara girdiğinde danışman kız, işini tamamladığı için saygıyla izin isteyerek yanından ayrıldı. Uzun boylu hemşire kanını aldı. Büyük bir özenle kan aldığı yeri bantlayan kadın, sıvalı duran gömleğinin kolunu indirmesi ve ceketini giymesi için yardım da etti. Nihayet laboratuvarın kapısından çıkıp merdivenlere yöneldiği sırada başka bir beyaz önlüklünün yanına geldiğini fark etti. Gençten bir başka hemşire adını sesleniyordu.

-Haşim Bayrak.

Hemşire elinde tuttuğu steril kabı göstererek devam etti.

-Doktor Bey bir de sperm örneği istedi.

Daha önce de sperm örneği verdiği için protokolü biliyordu ve tekrar tüp bebek merkezinin olduğu kata çıkmak için asansöre yöneldi. Hemşire hareketini durdurmak ister gibi önüne geçti.

-Sizi oraya kadar yormayalım. Kan alma odasının yanındaki yeri kullanalım.

Haşim Bayrak itiraz etmeden kadının gösterdiği odaya yöneldi. Steril kabın üzerindeki poşetin etiketine adının yazıldığını gördü.

-Ne yapmanız gerektiğini anlatmamı ister misiniz?

Hayır anlamında başını sallayarak kabı eline alıp kadının kapalı olan kapıyı açmasıyla içeriye girdi. Şimdi bambaşka bir dünyanın içindeydi. Duvarlara asılmış çocuk fotoğrafları, şişirilmiş balonlar, sedyenin üzerinde bekleyen çeşitli oyuncaklar... Çocuk muayene odasına girmiş olmalıydı. Önce odada yalnız olduğundan emin olmak için arkasına baktı. Hemşire kapıyı üzerinden kapatmıştı. Sonra yine resimlere bakmaya başladı. Etrafın büyüsüne kapıldığı için pantolonuna akan sıvıyı biraz geç fark etti. Sonra elinde tuttuğu steril kabı kasığına tutup duvardaki peçetelikten birkaç parça çekerek iç çamaşırını sildi. İşini bitirmişti ama olduğu yerde bekleyerek birkaç dakika daha odanın içini izlemeye devam etti. Ayıcıklı bir oyuncakta elini gezdirdiğindeyse de aniden ateşe dokunmuş gibi bir tepki vererek elini çekti. Yeniden canı sıkılmıştı. Acele hareketlerle odadan çıkarken elinde tuttuğu kabı, kapıda bekleyen hemşirenin kendisine uzattığı kırmızı tepsiye bıraktı. Kadının gülümseyen yüzüne bakmadı ama kadın kibar bir sesle konuştu.

-Geçmiş olsun Haşim Bey. Sonuçları akşamüzeri sistemden görebilirsiniz.

Cevap vermeden hızla merdivenlere yöneldi. Bir kat çıktıktan sonra özgürdü. Hastanenin VIP çıkış kapısına geldiğinde şoförünün beklettiği aracını gördü. Yine hızlı adımlarla araca bindi. Klimalar sonuna kadar çalışıyordu ama göğüs kafesinde baskı hissettiği için gömleğinin birkaç düğmesini açmak zorunda kaldı. Yine aynı suçluluk hissi gelmişti işte. Yarım saate geçeceğini biliyordu ama her defasında kısa sürse de bu bunaltıcı histen hemen kurtulamıyordu. Holdinge doğru yol alan aracın içinde derin nefesler almaya çalışırken telefonunun çaldığını işitti. Eline aldığı cihazın ekranında yine bilinmeyen numara yazısını görünce titremeye başlayan elleriyle aramayı cevapladı.

-Alo?

-Yanlış üzerine yanlış yapıyorsun Gözcü.

Dün akşamki sesin aynısıydı. Üstat tarafından yargılandığını anlayınca, bunalma hissi yerini korkuya bıraktı. Neyi yanlış yapmıştı? Soruyu soracak cesareti bile olmadığından konuşamadı. Birkaç saniyelik sessizliğin ardından yine karşı taraf devam etti.

-Senden sperm örneğini isteyen doktorun değil, polisti.

-Polis mi?

-Aldıkları örneği olay yerine bulaştırarak seni suçlu gösterecekler.

-Ama...

-Aması yok Gözcü. Hepimizi birden yakacaksın.

Şimdi sesi ağlamaklı çıkıyordu.

-Özür dilerim Üstat.

-Anlamalıydın.

-Neyi?

-Çocuk odasında sperm örneği almayacaklarını.

-Hastaneden yeni ayrıldım sayılır. Geri dönüp her şeyi düzeltebilirim.

-Hemşirenin seni beklediğini mi sanıyorsun? Çoktan işe koyuldular.

-Peki ne yapacağım?

-Olay yerine gidip temizlik yapacaksın. Sana tuzak kuran polislerin sürdüğü örneklere kriminal ulaşmadan her yeri temizleyeceksin.

Cevap vermesini bile beklemeden telefon kapanmıştı. Olay yerine gitmesi gerekiyordu. Birileri kendisine tuzak kuruyordu. Nasıl düşmüştü böyle bir oyuna? Elindeki telefonu sinirle deri kaplı koltuğa vurmaya başladı. Sonra dikiz aynasından kendisine bakan şoförle göz göze gelince durdu. Sakin kalıp mantıklı düşünmeliydi. Tek bir hata daha yaparsa bedelini canıyla ödeyeceğini biliyordu. Hiçbir yerde yazılı olmayan anlaşmalarının şartları fazlasıyla ağırdı. Koltuğun üzerinde bekleyen telefonunu eline alıp az önce yanından ayrıldığı doktorun adını tuşladı. Bir şeyden emin olması gerekiyordu. Birkaç kez çaldıktan sonra yine ilk aşkının aramasına cevap verir gibi coşkuyla konuşan doktorun sesini işitti. Adamın sırıttığı sesinden bile anlaşılıyordu.

-Buyurun Haşim Bey.

-Doktor bey bir şeyi merak ettim.

-Tabii efendim, nedir?

-Benden uzun zamandır sperm örneği almadınız. Bugün de almadınız?

-Gerek görmedim çünkü.

-Yani bugün de istemediniz.

-Hayır, gerekli olsaydı isterdim ama dediğim gibi gerek yoktu...

Adamın cümlesi devam ederken telefonu kapattı. Örneği gerçekten doktor istememişti. Birilerinin tuzağına düştüğünü iyice anladı. Her şey üzerine kalacaktı. Plazaya doğru gitmekte olan aracı durdurup yönlerini tam tersi istikamete, evine doğru çevirdi.

* * *

Eve girebilmek için saatlerce fikir yürütüp araştırma yapmışlar ve en sonunda bütün ekibe en mantıklı gelen seçenekte karar kılmışlardı. Haşim Bayrak'ın malikânesine gece vakti gizlice girmenin sonuçları Serhan'ı hapse yollayacak kadar ciddi boyutlara varabilirdi. Adam şu an İstanbul'da olduğu için yardımcıları ve şoförü de evde yaşıyordu. Kalabalık personel yüzünden gündüz vakti eve girebilmek de kolay değildi. Uzun süren bir araştırma sürecinin sonunda evin içinde kullanılan asansör markasına ait firma kayıtlarına ulaşmışlar ve bakım zamanı olmasa da rutin kontrol için firma çalışanı gibi eve girebileceklerini anlamışlardı. Çıktısını aldıkları kontrol kâğıdına birkaç protokol maddesi de ekledikten sonra her şey hazır sayılırdı. Serhan ve Murat kendilerini görevli gibi tanıtarak eve girecekler ve gizlice delil sayılabilecek bir ayrıntı arayacaklardı. Hem evin her katına hâkim olabilmek için asansörden daha iyi bir bahane bulunamazdı. Ekibin kalanını merkezde bırakarak Serhan ve Murat malikâneye doğru yol almaya başladılar. Adli tıpta bekletilen delil odasından dosyası kapanmış bir adet alet çantasını ödünç almışlardı. Çantanın içine de kan örneği varsa bulabilmek için luminol ve UV ışık kaynağı gizlemişlerdi. Araştırdıkları firmanın tamir için görevli üyeleri üniforma giymiyordu. Sadece salaş kıyafetler giyerek görevlerine adapte olmaları yeterliydi. Eve yaklaştıklarında sivil polis otosunu alt sokaklardan birine bırakıp yokuşu tırmanmaya başladılar. Yan yana yürüyen iki firma görevlisine o kadar benziyorlardı ki sakinliklerini korudukları sürece kimsenin durumdan şüphelenmesi mümkün değildi. Malikânenin bahçe kapısından geçtikten sonra önden yürüyen Serhan, metal detaylı aslan sembolünün içinde kalan zile dokundu. Daha önce evdeki temizlik firması çalışanları tarafından yüzü görülmüştü ama hiçbiri evin sürekli çalışan yardımcı elemanları değildi. İlk çalışından on saniye kadar sonra kapıyı orta yaşlı bir kadın açtı. Üzerindeki yemek önlüğünden mutfakta çalıştığını anladıkları kadın, soru dolu gözlerle yüzlerine bakınca Serhan konuştu.

-Asansör firmasından rutin kontrol için geliyoruz.

Yüzüne vuran keskin güneş ışığı yüzünden, zaten çatık duran kaşlarını iyice çatan kadın meraklı bir sesle konuştu.

-Asansörde sorun yok ki.

-Sorun olduğu için değil, kontrol için geldik.

-Ev sahibi şu anda yok. Daha sonra tekrar gelin.

Kadın kapıyı kapatmaya yeltenince Serhan elinde tuttuğu kâğıdı kapının aralığından uzattı.

-Firma bize bu kâğıdı verdi.

İyice kıstığı gözleriyle nereye baktığı bile zor anlaşılan kadın, Serhan'ın uzattığı kâğıdı eline alırken fısıldar gibi konuştu.

-Bekleyin bir dakika.

Yardımcı kadın kapıyı aralık bırakarak içeriye girerken Serhan'ın arkasında bekleyen Murat, "Firmayı mı arayacak?" diye sordu.

Kadının ne yaptığını görmek için başını hafifçe aralıktan içeriye uzatan Serhan, birkaç saniye sonra yanıtladı.

-Kâğıtta yazan firma ismiyle asansörün üzerinde yazanın aynı olup olmadığını kontrol ediyor.

Ardından kadın kapıda belirdi.

-Ben yemek yapıyorum. Diğer yardımcı alışverişte. Sizinle ilgilenemeyeceğim için daha sonra gelin.

Kadın kâğıdı yeniden Serhan'a uzattı. Sıcak hava ve durumun gerginliği yüzünden alnında boncuk boncuk terler beliren Serhan, eliyle alnını sildi.

-Bu sıcakta bizi uğraştırma be ablacığım. Daha gideceğimiz beş tane ev var.

Arkasında bekleyen Murat da destekledi.

-Bir bardak suyun var mı abla?

Kadın önce düşündü ama sonra pes etmiş gibi bir ifadeyle kenarından tuttuğu kapıyı bıraktı.

-Tamam, geçin ama çabuk bitirin işinizi.

Serhan ve Murat açık kapıdan girerlerken kadın alt kata yöneldi.

-Ben su getiriyorum ama ikide bir çağırmayın beni. Daha bir dünya işim var.

Kadının sesi gitgide uzaklaşırken, Murat da açık olan daire kapısını kapattı. Artık içerideydiler. Salon olarak kullanılan girişteki büyük odanın gösterişi yüzünden ikisi de bir süre sadece etrafı izledi. Sonra da yardımcı kadının ayak sesleri duyulmaya başlayınca evin içinden üst katlara çıkan camdan yapılmış asansörün önüne geçtiler. Alet çantasını büyük bir ustalıkla yere seren Serhan, işiyle ilgilenmeye başlamış gibi görünürken Murat da kadının getirdiği su bardaklarını teslim aldı. Evde tek çalışan vardı ve bu iyiydi. Kadının inlemeye benzer bir sesle belini tutarak uzaklaşmasını bekledikten sonra elinde tuttuğu İngiliz anahtarını yere bırakan Serhan, asansör kapısını açarak Murat'a döndü.

-Sen burada kal, ben üst katlara çıkacağım. Anormal bir durum olursa, telefonumdan ulaş.

Murat peki anlamında başını sallarken Serhan merdivenleri kullanarak üst kata çıktı. Duvarlarda asılı pahalı tabloların altın rengi çerçeveleri, merdiven başlarına geçirilmiş kaliteli ahşap süsler, her dönemeçte gelen misafiri karşılar gibi bekleyen gösterişli heykeller ve yerlere serili İran halıları... Binanın içi dışarıdan tahmin edilemeyecek kadar büyüktü. Bir katta yaklaşık dört farklı kapı ve hepsinin açıldığı başka başka odalar vardı. Bu durum işini fazlasıyla zorlaştıracaktı. Bodrum katın mutfak ve yardımcılar için ayrıldığını düşünmüştü. Adam bir şey saklayacaksa muhtemelen kendine ait odalardan birini kullanırdı. İlk kattaki tüm odaları ses çıkarmamaya dikkat ederek, iyice kontrol etti. Aradığı şeyin ne olduğunu ve evin rutin durumunu bilmiyordu. Neyin nerede durması garip sayılırdı? Gözüne anormal bir detay takılmayınca üst katlara yöneldi. Merdiven her katta kendi etrafında dönerek bir üst katın holüne açılıyordu. İki kat boyunca aynı kontrolleri yapmaya devam etti. Duvarlarda gizli bir bölme, kasa ya da kilitli bir kapı aradı. Her şey son derece normal görünüyordu. Son kata geldiğinde nihayet aradığı şeyi bulmuş gibi odalardan birine girerek kapıyı üzerinden kapattı. Duvara gömülü kitaplık, deri koltuklar ve ahşap çalışma masası. Adamın çalışma odası burası olmalıydı. Cebinde beklettiği eldivenleri giydi. Önce kitaplığa muazzam bir düzenle sıralanmış kitapların üzerinde ellerini gezdirdi. Bir boşluk görmeye çalıştı ama yoktu. Masanın çekmecelerini teker teker açtı. Kilitli tutulan bir kutu ya da çekmece yoktu. Duvara asılmış üç farklı tabloyu yerinden oynattı. Sonra halının üzerinde ayaklarını gezdirirken hafifçe yüksek ya da derinde kalan bir nokta aradı. Oda fazlasıyla temizdi. Çelik kasa ya da gizli bir bölme de göremedi. Son olarak masada duran bilgisayarın yanına gitti. Deri kaplı yüksek gövdeli koltuğa oturamadan, kapağını açtığı bilgisayarı yere çömelerek kendisine doğru çevirdi. Açılma tuşuna dokunup beklemeye başladı ve birkaç saniye içinde yanan ışıkla birlikte ekran koruyucusu belirdi. Şifre istiyordu. Bunu daha önce de düşünmüştü. Şifre kıracak kadar bilgisayar bilgisi ya da adam hakkında yeterli verisi yoktu. Bilgisayarı alıp merkeze götürmesi de olanaksızdı. Ekranı iyice kendisine çevirerek rastgele bir şey yazmayı denedi. Adamın adını ve soyadını Türkçe karakter kullanmadan şifre hanesine girdi ama karakter sayısı eksik kalmıştı. Sonra anlamsız harfleri ardı ardına yazmaya devam etti. Şifrenin uzunluğuna hayret ederken rastgele yaptığı ilk denemeyle toplam karakter sayısını öğrendi. Tam yirmi dokuz karakter vardı. Bilgisayarı merkeze götürse bile şifrenin kırılması günler alabilirdi. Hiç şansı olmadığının farkına varınca canı sıkılarak ayağa kalktı. Dördüncü katta kalan odanın tül perdelerle örtülü camından dışarıya baktı. Alzheimer hastası yaşlı kadının evini buradan net olarak görebiliyordu. Bakıcısının yardımıyla koltuğa oturan yaşlı kadını fark etti. Daha sonra bakışlarını bahçeye çevirdi. Aklına kabloları kesilen güvenlik kamerası geldi. Oğlu tarafından devre dışı bırakılan kamera. Kameranın görevi neydi? Gözlemek. Sonra oğlunun intihar ettiğine inandığı kız arkadaşını aklına getirdi. Kız terastan atlarken bir cümle kurmuştu. "Gözcüler gözleyenleri sevmezler." Gözleyen kameraydı. Bu durumda Haşim Bayrak gözcü mü oluyordu? Cümleyi içinden birkaç kez üst üste tekrar ederek karakter sayısını hesapladı. Evet! Tam yirmi dokuz harf vardı. Ekran koruyucusunun üzerinde bekleyen hazneye aklında tuttuğu cümleyi Türkçe karakter kullanmadan yazdı. Enter tuşuna basmadan önce derin bir nefes aldı ve eldivenli parmağıyla tuşa sert bir şekilde dokundu. Açılmıştı. Nasıl olur da intihar ettiği iddia edilen kız, adamın bilgisayar şifresini bilebilirdi? Ortada kız yoksa şifreyi bilen kişi oğluydu. Aklında beliren soru işaretlerini yok etmeye çalışarak önce belgelere tıkladı. İş yerine ait dokümanlar dışında hiçbir belge yoktu. Sonra bilgisayar geçmişine baktı ama tüm geçmiş silinmişti. Çöp kutusunu kontrol etti, boştu. Keşke bilgisayardan biraz daha anlayan biri olsaydı. Kilitli bir dosya ya da indirilen garip bir detay aradı ama bilgisayar tertemizdi. Eldivenli elini yumruk yaparak düşünmeye devam edecekken cebindeki telefonun çaldığını işitti. Murat arıyordu. Hiç bekletmeden açtı.

-Adam geldi komiserim.

Murat'ın kısık sesle kurduğu cümleye "Tamam." diyerek yanıt verdikten sonra pencereye hafifçe yaklaşarak garaj kısmına giren lüks aracı gördü. Hiçbir şey bulamamıştı ve adama yakalanmak istemiyorsa hemen bilgisayarı kapatıp odadan çıkmalıydı. Yardımcılar da artık yüzlerini tanıyordu. Eve bir daha girebilme şansları kalmamıştı. İçinden sessizce küfrederek, odada yerinden oynattığı hiçbir şey bırakmamaya dikkat edip kapıdan çıktı. Şimdi hızla Murat'ın yanına dönmeliydi. Son katın merdivenlerinden inerken adamın sesini duydu. Asansörü kullanmak isteyen adamın sesi sinirli ve aceleciydi. Sonra Murat konuştu.

-Asansörü kullanabilirsiniz. İşimiz bitmek üzere.

Adamın asansöre binmesini fırsat bilerek beklediği merdiven aralığından Murat'ın yanına indi. Eğer adam bir yerlerden yüzlerini tanıyorsa kafalarına taktıkları beyzbol şapkaları işe yaramayabilirdi. Giriş katına indiğinde alet çantasını toplayan Murat, Serhan'ı görünce ayağa kalktı.

-Bir şey bulabildiniz mi?

-Her şey çok fazla temiz. Sence tanıdı mı seni?

-Sanmıyorum.

-Takip ettiğin gece göz göze gelmiştiniz ama.

-Garip bir şekilde acelesi vardı. Umursamadı beni.

Sonra yeniden asansörün hareket ettiğini duydular. Serhan aceleyle konuştu.

-Başını yere eğ.

İkisi de yere çömelerek alet çantasını toplamaya başladılar. Asansör bulundukları kata gelince elinde küçük bir valiz tutan adamın kendileriyle hiç ilgilenmeden mutfak katına indiğini gördüler. Birkaç dakika sonra da adam yeniden merdivenlerden çıkarak bahçeye yöneldi. Hemen ardından da yardımcı kadın üst kata çıktı. Aceleyle elinde tuttuğu şişeyi adama uzattı.

-Çamaşır suyu buydu efendim. Yanlış şişeyi aldınız.

Kadının cümlesinin üzerine şişeyi teslim alan adam hızla aracına binmek üzere garaja yöneldi. Şimdi acele etme sırası Serhan'daydı.

-Garip bir şeyler oluyor Murat. Sen biraz daha burada oyalan, ben adamın peşinden gideceğim.

Çömeldiği yerden kalkarak hızla kapıdan çıktı. Dikkat çekmemeye çalışarak alt sokaktaki sivil polis aracına doğru yürüdü. Acelesi olan bir adam sahil yönündeki sokağı değil, ormanlık alanın bağlandığı ana yolu kullanırdı. Aracı çalıştırıp hızla ana yola döndü ve sol şeride makas atan Haşim Bayrak'ın lüks aracını gördü. Şimdi adama ya da şoföre görünmeden takibe devam etmesi yeterliydi.

* * *

Serhan'ın hızla evden ayrılarak adamın peşinden gitmesiyle tek başına kalan Murat asansörün başladığı bodrum katına yöneldi. Merdivenlerden inerken özellikle gürültü çıkarmaya başlamıştı. Yardımcı kadınla aniden karşılaşarak kadını ürkütmek istemiyordu. Ayakkabılarının ahşap zeminde çıkardığı seslere hemen tepki veren kadın yemek kokularının yükseldiği mutfak kısmından çıkarak Murat'ı karşıladı. Sanki nereye gideceğini biliyormuş gibi aceleyle elinde tuttuğu kepçeyi doğrultarak çamaşır makinelerinin olduğu yönü işaret etti.

-Ben biliyordum başıma geleceği. Asansörün şeyine ineceksin.

Kadının kast ettiği şeyi Murat devam ettirdi.

-Halatları kontrol etmem lazım.

-Tamam işte, neyse... Bak ellerin kirliyse hiçbir yere dokunma.

Tekrar mutfağa dönerken ekledi:

-Çamaşır makinesinin arkasındaki kapı.

Kadına cevap vermeyen Murat, çalışmakta olan makinenin yanından geçerek duvara sabitlenmiş ahşap kapıyı yavaşça itti. Önünde açılan alan çok fazla karanlık olduğu için geriye doğru bir adım atıp duvarda kalan elektrik anahtarına dokundu. Tek bir ampulle aydınlanan bodrumun dik merdivenlerinden inmeden önce kapıyı ardından kapattı. On basamak merdiveni bitirdikten sonra neredeyse evin salonu kadar büyük olan bodrumu incelemeye başladı. Duvara dayanmış içi sebze dolu kasaların yanından geçerek U şeklinde devam eden bodrumun arka kısmına yöneldi. Etrafta gereksiz bir düzen hâkimdi. Beton zeminde toz bile yoktu. Eski dolapların istiflendiği başka bir köşeye gitti. Elleriyle hafifçe dokunarak yığılı parçaları hareket ettirip dikkatini çekecek bir şey görmeye çalıştı. Sonra merdiven altında kalan daha karanlık kısma yöneldi. Etraf son derece temiz olsa da duvar diplerine luminol sıkarak insan kalıntısı arayabilirdi. Yere bıraktığı alet çantasından luminolü ve UV ışık kaynağını çıkardı. Rastgele birkaç yere sıktığı çözelti hiçbir tepkime göstermemişti. Sonra soluna dönerek iyice yere çömelip merdiven altında kalan küçük çıkıntıya bedenini sığdırdı. Bu mesafeden burnuna tanıdık gelen kokuyu genzine çekince yaklaştığı alandaki küçük duvar parçasının yeni boyandığını anladı. UV ışık kaynağını sıkıştığı alanda düşürmemeye dikkat ederek duvara doğru tuttu. İlk bakışta hiçbir detay göremedi ama sonra karanlığa iyice alışmış gözlerini kocaman açarak duvarda belli belirsiz ortaya çıkan şekli fark etti. Ne olduğunu anlamak için ışık kaynağını dairesel hareketlerle duvarda gezdirmeye başladı.

Bir çocuğun çizebileceği çöp adam şekli ortaya çıkmıştı. Elinde dikdörtgen şeklinde bir alet tutan çöp adam... Nefesini tutarak iyice şekle odaklandığında çöp adamın elindeki dikdörtgen şeklin kamera olabileceğini anladı. Sonra Serhan'ın söylediği cümle aklına geldi. "Gözcüler gözleyenleri sevmezler." Resimdeki adam birilerini gözlemek için elinde kamera tutuyordu. Evde çocuk yaşadığına dair tek bir kanıt bile yokken bu resmi kimin çizebileceğini düşündü. Vakit kaybetmeden hemen komiserine haber vermeliydi. Çömeldiği yerden kalkmadan cebinden çıkardığı telefonundan Serhan'ın numarasını tuşladı. Uzun uzun çaldı ama cevap veren olmadı.

* * *

Yirmi yıllık polis otosuyla bu kadar lüks bir aracı takip etmek sürüş ustalığından çok motor gücü gerektiriyordu. Ana yoldan ilerlemeye devam ettiklerinde araçların seyreldiğini fark etti. Hız ibresi artık yüz kırkı gösteriyordu. Ayağıyla gaza yüklenerek adamı gözden kaçırmamak için bütün dikkatini yola verdi. Sallanmaya başlayan aracın direksiyonuna iki eliyle yapışmışken karşısına çıkan tabelalarda Ömerli yazdığını gördü. Şimdi Murat'ı arayıp gittiği yönün bilgisini verebilirdi. Sol eliyle direksiyonu tutarken sağ eliyle de ceplerini kontrol etti ama telefonu yoktu. Son olarak adamın odasından Murat'la konuştuğunu hatırladı. Evin bir yerinde düşürmüş olabilir miydi? Bir anlığına gözünü yoldan ayırarak aracın içini kolaçan etti ama yoktu. Torpidonun üzerinde kalan telsizden anons geçemezdi ama yine de telsizi açık konuma getirdi. Dakikalar sonra takip ettiği araç sapa bir araziye doğru direksiyon kırınca Serhan da peşlerinden aynı yola döndü. Vitesi küçültmek için zamanı olmamıştı ve sivil polis otosu fena hâlde savruldu. Tüm gücüyle direksiyonu kavrarken yeniden aracın hâkimiyetini kazanması birkaç saniyesini aldı. Şimdi aralarına biraz mesafe koyarak devam etmesi gerekiyordu. Gündüz vakti sapa bir arazi, çakıllı bir yol ve acelesi olan bir iş adamı. Çamaşır suyu detayını da hatırlayınca yine aralarında bağlantı kuramadı. Devam ettikçe yolun daha bakımsız bir arazi sapağına bağlandığını fark etti. Yerdeki iri taşlar yüzünden bu kez aracın camları da titremeye başlamıştı. Şimdi uzak mesafeyi bile zor seçiyor ve sadece havaya kalkan toz bulutunu takip ediyordu. On dakika daha devam ettikten sonra elli metre kadar önünden giden aracın yavaşladığını fark etti. Güneşin altında kalan, bakımsız sarı otlarla çevrili düzlük bir arazinin ortasında yatay yükselen eski bir yapıyı görünce hızını iyice yavaşlattı. Evet, araç o tarafa yönelmişti. Sağında kalan ilk büyük ağacın altında durup aracını park etti. Fark edilmek istemiyorsa, yolun devamını yürüyerek gitmeliydi. Birkaç saniye daha aracın içinde bakınarak telefonunu aradı ama yine göremedi. Sonra telsizin sesini açtı ama fazlasıyla cızırtı vardı. Tek başına kaldığını sindirmeye çalışırken yavaşça harekete geçti.

Araçtan indiğinde yatay binanın arkasına dönerek gözden kaybolan Haşim Bayrak'ın aracını son kez gördü. Adamı kaybetmemek için gövdesini belinden öne doğru bükerek bakımsız çalıların arasından dikkatlice ilerlemeye başladı. Bir eli belindeki silahındayken, otların bitmesiyle tamamen yere yattı. Yaklaşık olarak yirmi metre kadar sürünerek gitmesi gerekecekti. Etrafta bir ses ya da hareketlilik yoktu. Yüzünü korumaya dikkat ederek sivri taşların üzerinden sürünmeye devam etti. Yatay binaya iyice yaklaştığında bir depo olabileceğini düşündü. Binayı çevreleyen teller sanki yüzyıllar önce döşenmiş gibi yer yer yamulmuş ve parçalanmıştı. Parçalanan bir köşeye doğru yavaşça sürünerek içeriye girdi ve aceleyle yerden yüksek olan tek toprak birikintisinin arkasına gizlendi. Depo ya da eski bir fabrika olduğunu düşündüğü bina yaklaşık olarak yüz metre uzunluğundaydı. Bittiği yerden yükselen metal çıkıntılar baca ya da kazan olmalıydı. Yakıcı güneşin altında, çiziklerle dolu kollarını kendine çekerek etrafı dinledi. Yakınında hiçbir hayat belirtisi yoktu. On dakika kadar daha bekledikten sonra harekete geçmesi gerektiğini düşünerek yine gövdesini eğdi ve hızlı adımlarla binaya doğru koştu. Binanın yıkılmaya başlamış duvarlarından birine ulaşınca bir süre bekledi. Etrafın bu kadar sakin olması içini huzursuz etmişti. Sırtını duvardan ayırmadan, silahını eline alarak arka tarafa doğru ilerlemeye başladı ve güneş altında parlayan Haşim Bayrak'ın aracını gördü. İçinde kimse yoktu. Yeniden duvara yaslanarak bu kez binanın arka kısmına dolandı. Bir kapı ya da giriş olarak kullanılan bir açıklık bulmalıydı. Birkaç dakika dikkatle ilerledikten sonra küflendiği için yamulan demir bir kapıya ulaştı. İçeriyi görmek için başını eğdi ama güneşin ışığına alışan gözleri karanlıkta hiçbir şey seçemedi. Ses çıkarmamaya çalışarak yamulan kısımdan içeriye süzüldü. Ne için kullanıldıklarını anlayamadığı birtakım metallerin arasından ilerlemeye başladı. Bu kadar boş beton bir yapıda fazlasıyla yankı olacağı için, içeride birileri olsa mutlaka seslerinin kulağına geleceğini düşündü. Tuzağa mı düşmüştü? Sağ elinde tuttuğu silahını kulağının hizasına getirerek metal cismin etrafından diğer tarafa yöneldi ama aniden kafasına gelen darbeyle görüşü tamamen karardı. Yere düşerken gözünün önünden geçen son şey elinden fırlayan silahı oldu.

* * *

Kendine geldiğinde kafasından süzülen kan gözüne girmeye başlamıştı. Yanan gözünü birkaç kez kırpıştırdıktan sonra nerede olduğunu anlamak için etrafa baktı. Yattığı yerden doğrulmaya çalışınca da kösele ayakkabılı biri dirseğine vurdu. Acıyan eklemini tekrar yere bırakırken kafasını kaldırmak için boynuyla bir hamle daha yaptı. Etrafını saran üç adamın ortasında duran Haşim Bayrak'tı. Yüzüne doğru tutulmuş namluların arasından konuşan yaşlı adam, yerde yatan Serhan'a pis bir böceğe bakar gibi iğrenerek bakıyordu.

-Ava giden avlanır komiser.

Ağzındaki metal tadından kurtulmak için hafifçe tüküren Serhan cevap vermeyince adam devam etti.

-Demek beni tuzağa düşürüp her şeyi üzerime yıkacaktın.

Kanayan ağzını bir türlü toparlayamayan Serhan anlamsız sesler çıkardı. Adamın gözlerinde en ufak bir acıma belirtisi yoktu. Sonra elinde tuttuğu metal aleti Serhan'a göstermeye çalışarak konuştu.

-Telefonunu çalışma odamda düşürmüşsün.

Ardından ekledi.

-Anlamıyorum komiser. Aramızdaki husumetin sebebini ve her şeyi nereden bildiğini anlamıyorum.

Kendini konuşmaya zorlayan Serhan, anlaşılması zor bir cümle kurdu.

-Bir şey bilmiyorum.

-Gereğinden fazla şey biliyorsun komiser.

Birkaç adım attıktan sonra Serhan'ın yattığı yere doğru eğildi.

-Çocuklar polis aracını çok uzağa götürdüler. Telefonun son sinyali benim evimde verdi. Yani buradan çıkışın yok.

Doğrulmak için bir hamle daha yapınca beline inen sert darbeyle tekrar yüzünü sert zemine vurdu. Beli kırılmış olabilirdi.

-Şimdi kimin için çalıştığını söyle.

Anlaşılması zor bir sesle cevap verdi.

-Kimse için çalışmıyorum.

-Teşkilattan benimle uğraşma cesaretini gösteren kim?

Gücü iyice tükenen Serhan cevap veremeyince adam devam etti.

-İtiraf edip etmemen umurumda değil. Birazdan öleceksin ve bu maşası olduğun adam için sert bir mesaj olacak.

Serhan'ın kafasının üzerinde kalan saçlarını yaşından beklenmeyecek bir çeviklikle kavrayan adam, gözlerini gözlerine dikti.

-Oğlunu evime sen mi soktun?

Mert'ten bahsedildiğini anlayınca son bir kuvvetle konuşmaya çalıştı.

-Oğlumla ne ilgin var?

-Oyun oynama komiser.

-Oğluma ne yaptın?

Bu kez sert bir hareketle tuttuğu saçları bırakan adam ayağa kalktı. Yanında bekleyen adamlara baktı.

-Öldürün!

Sağında bekleyen adam birkaç adım öne çıkarak elinde tuttuğu silahı Serhan'ın kafasına yöneltti. Bu açıdan sıkılan tek bir kurşun hemen ölmesine yeterdi. Murat'a ulaşabilmeyi diledi ama artık her şey bitmişti. Ne Murat'ın ne de ekibin kalanının buraya ulaşabilmesi mümkün değildi. Oğlunun hayatı için mücadele ederken kendi hayatını kaybetmişti. Son kez gözlerini kapatarak yardımcı olamadığı için Mert'ten özür diledi ve sonra tek el silah sesi deponun rutubetli duvarlarında yankılandı.

* * *

Sağır edici patlama sesinin duvarlardan yankılanıp geriye dönmesi birkaç saniyeden fazla sürmüştü. Gözlerini açtı. Ölümün bilinmezliğine teslim olan bilincinin yaşattığı şokun etkisinden çıkamayarak öldüğünü kabullendi ama hırıltılı bir sesle nefes alıp verdiğini anlayınca titreyen ellerini zorlayarak yüzüne doğru kaldırdı. Hayır... Yaşıyordu ama o zaman ölen kimdi? İçeriye dolan özel giysili polisleri ve etkisiz hâle getirilen adamları fark etti. Ani gelen rahatlamayla başını yere bırakırken müfettişi gördü. Ceketinin üzerine giydiği çelik yeleğiyle koşar adım yanına gelen adam dizlerini yere vurarak çöktü.

-İyi misin?

Yine anlaşılması zor bir sesle cevapladı.

-Ama... Siz?

-Bilgisayarımdan Haşim Bayrak'ı araştırdığın günden beri seni izliyordum.

-Anlamıştınız.

-Kendini yorma çaylak. Birazdan ambulans burada olur. Az önce cesedinin bile bulunamayacağından eminken şimdi gözlerinden sevinç gözyaşları akmaya başlamıştı. Hâlen kafasında oturmayan onlarca şey varken adamların bu denli üzerine saldırıp onu ortadan kaldırmaya çalışmaları doğru iz üzerinde olduğunun kanıtıydı. Hiçbir fikri olmadan sadece oğlu için bir umut ışığının peşinden buralara kadar gelmişti. Haşim Bayrak'ın kendisine sorduğu sorular ve gizlemeye çalıştığı suçun ne olduğunu bilmese de bir komiseri bile kolayca ortadan yok edecek kadar büyük bir tezgâh kurulmuştu. Tanık olan herkesin ortadan kaldırıldığı, içinde paraya ve güce sahip insanların bulunduğu bir tezgâh. Oğlu o gece bir şeye tanıklık etmişti ama neydi? Gözcü, Haşim Bayrak'ın kendisiydi. Gözleyen de oğlu ya da olayların içinde olan başka birileri. Gözcü dışında kalan herkes teker teker yok mu ediliyordu? Mert'in aniden yoğun bakıma alınmasının sebebi kesinlikle bu adamdı. Gücünü toparlayabilse, aklından geçen her şeyi müfettişe tek tek anlatacaktı ama yüzüstü yattığı zeminde yaptığı en ufak bir hareket bile belindeki dayanılmaz acıyı hatırlattı. Müfettiş yanından uzaklaşırken başına gelen iki polis dikkatli hareketlerle bedenini destekleyip sırtüstü yatmasını sağladılar. Sonra polislerden birinin çıkardığı yeleğini boynunun altına destek olarak koyduğunu fark etti. Yüzüne bakan gençlerin panik dolu ifadelerini görünce yüzünün muhtemelen dağılmış olduğunu anladı. Hiç soru sormasa da sürekli kendisine açıklama yapan genç, ambulansın yolda olduğunu tekrarladı. Belinden yükselen acı dayanılmaz olunca bacaklarını karnına doğru çekmek istedi ama başında bekleyen polisler buna müsaade etmedi. Ağzı sıvıyla dolduğu için başını yan çevirip tükürmeye çalıştı ama dişlerinin arasından çıkamayan kanlı tükürüğü yanağından süzülmekle kaldı. Sonra acıyla bir cümle kurmayı başarabildi.

-Sanırım belim kırıldı.

Özel eğitimli polislerin az önce yaptığı baskında gürültüyle patlayan silah sesinin kimi hedef aldığını görünce başını diğer tarafa çevirdi. Serhan'ı kafasından vuracak olan adam, polis tarafından bacağından vurulmuştu. İlk hengâmenin ardından olay yerinin temiz olduğu anons edilince içeriye başka polisler de girmişti. Müfettiş, Serhan'a suçüstü yapabilmek için yanında fazlaca şahit getirmişti ama silahlı adamlar tarafından rehin alınan kişi Serhan olunca durum değişmişti. Şimdi polisler etkisiz hâle getirdikleri adamların üzerlerini arıyor ve etrafta suç sayılacak delil görmeye çalışıyorlardı. Birkaç metre uzağından yankılanan tanıdık bir ses kulağına kadar gelince yeniden kafasını kaldırmaya çalıştı. Haşim Bayrak'ın polislere savurduğu tehditler kimse tarafından dikkate alınmıyordu ama şu an için Serhan'ı öldüresiye dövdürmekten başka suçu da yoktu. Depodan bir kanıtla ayrılamadıkları sürece adamın salıverileceği garantiydi. Keşke aklındakileri dile getirebilecek gücü olsaydı. Dakikalar geçtikçe havanın sıcaklığına rağmen titremeye başlayan bedenini kontrol etmekte zorlandığını hissetti. Başında bekleyen genç polisin kollarını ovmaya başladığını gördü. Muhtemelen kaybettiği kan yüzünden titriyordu. Kapattığı gözlerini sonuna kadar açarak bilincini açık tutmaya çalıştı. Deponun uzak bir köşesinden gürültüler duyulmaya başlayınca kollarını ovalayan polise titreyen dudaklarıyla sordu.

-Ne oluyor?

-Sanırım köpeklerden biri bir noktaya tepki verdi komiserim.

İçeriye giren ikinci ekibe koku uzmanı köpek de dâhil olmuştu demek ki. Müfettişin baskına tam teşkilat gelmesi hem sinirini bozuyor hem de depoda deliller yok edilmeden bir şeyler bulunabileceği umuduyla mutlu olmasına sebep oluyordu. Evden alelacele çamaşır suyu alarak çıkan bir adam, şişeyi içmek için değil yeni işlenen bir suçun izlerini yok etmek için kullanırdı. Bilinci artık kapanmaya başlarken gözünün önünden geçen son şey bir şişe çamaşır suyuydu.

* * *

-Baba...

Mert'in sesini duydu. Kendisine sesleniyordu. Konuşabilse cevap verecekti ama sanki alt çenesine tonlarca yük bağlanmış gibi bir türlü dudaklarını bir araya getiremedi. Sonra aynı ses bir kez daha duyuldu.

-Baba...

Ani bir refleksle yattığı yerden doğrulunca daha gözlerini bile tam açamadan belinden gelen acıyla kesik bir çığlık attı. Hastane odasındaydı. Yeniden aynı acıyı yaşamaktan korktuğu için bir süre oturur vaziyette hareketsiz bekledi. Kolunda serumlar vardı. Dışarıya doğru seslendi. Kimse gelmeyince bir kez daha güçlü bir sesle bağırdı. Çağrısına ilk cevap hemşireden gelmişti. İçeriye genç bir kadın girdi. Aceleyle yatağın başına koşarak elleriyle Serhan'ın omuzlarına dokundu ve geriye doğru yatmasına destek oldu.

-Sakin olun.

-Neyim var?

-İki kaburganız çatlamış ve dişlerinizde kırık var.

-Belim?

-Ciddi şekilde incinmiş.

-Nc kadardır yatıyorum böyle?

-Geldiğinizde fazla sinirli olduğunuz için uyutmak zorunda kaldık. Yaklaşık otuz saattir buradasınız. Yeterince uyandıysanız bir ziyaretçiniz var.

Serhan meraklı gözlerle kadına bakınca kadın bir gözünü kırparak gülümsedi. Ziyaretçi kabul edecek durumda değildi ve oğlunun durumunu öğrenmek için bir an önce ayaklanması gerekiyordu.

-Oğlumla ilgili bilgi almam lazım.

-Bunu ziyaretçinize sorabilirsiniz.

Kesinlikle Şule gelmişti. Konuşamadıkları için toparlanamayan ilişkileriyle ilgili sorguya çekilmek istemiyordu. Kafasını hafifçe çevirip odanın içinde cep telefonunu görmeye çalıştı. Murat'ı arayarak istediği bilgileri alabilirdi. Gözü komodinin üzerindeyken odanın kapısının açıldığını fark etti. Şimdi bütün ilgisi o tarafa kaymışken ağır hareketlerle açılmaya devam eden kapının ardından çıkan kişiyi gördü. Tekerlekli sandalyede oturan oğluydu. Amatörce çevirmeye çalıştığı tekerlekleri, kendisine yaklaşırken şekilden şekle giren yüzünü ve parke üzerinde yaptığı her harekette gıcırdattığı sandalyeyi hayatının en mucizevi anına tanık oluyormuş gibi şaşkınlıkla izledi. Mert iyice yanına yaklaştığında inanmakta zorluk çektiği için az önce hemşirenin yatırdığı yataktan doğrularak oğluna uzanmak istedi ama dayanılmaz acı yeniden varlığını hatırlatmıştı. Acı bile güzel geldi çünkü canı yanıyorsa yaşadığı şey de gerçekti. Gözlerinden yaşlar boşalırken elini tuttuğu oğlunu iyice kendisine doğru çekerek hıçkırmaya başladı. Avazının çıktığı kadar bağırdı. Hemşirenin uyarılarına, odaya giren sağlık personeline ya da aralık duran kapıdan içeriye bakan hasta yakınlarına aldırış etmeden bağırdı. Yaşanan duygu patlamasının mutluluğa dair olduğunu gören herkes duygulanarak kendilerini izlerken ağlamaktan sesi kısılan Serhan yavaş yavaş kendine geldi. Mert'in konuşmasını istedi önce. Oğlunun sesini duymak, ürkütmeden bir serçeye dokunabilmek kadar mucizeviydi. Mutluluktan kocaman bir kahkaha atarken elleriyle yanaklarına süzülen yaşları sildi. Sonra çatallı çıkan sesiyle, yanında bekleyen hemşireye dönerek sordu.

-Nasıl oldu bu?

-Dün gece kendine gelmiş. Bu sabah da sizi görmek isteyince ambulansla hastanemize nakledildi.

-Ama nasıl?

-Biz de bilmiyoruz.

-Hastalığı neymiş?

-Nakil raporunda konulmuş bir teşhis yoktu.

Sonra yeniden Mert'e dönerek kocaman gülümsedi.

-Konuşsana babacığım, susma.

-Ben iyiyim baba.

Kısa süren sessizliğin ardından duygulandığı belli olan hemşire boğazını temizleyerek Serhan'a döndü.

-Şimdi Mert'i odasına göndermemiz gerekiyor.

-Biraz daha kalamaz mı?

-Doktoru sadece iki dakikalığına izin verdi.

Yoğun bakıma alındığında oğlunu sadece iki dakikalığına ziyaret edebildiğini hatırlayıp içinde bulunduğu duruma şükretmek için ellerini havaya kaldırdı. Oğlu iyi olduğu sürece iki saniyeye bile razıydı. Serhan'ın garip hareketlerini fark eden hemşire tekrar söze girdi.

-Endişelenmeyin. Oğlunuzu bir polis ordusu koruyor.

Sonra kapıdan Murat'ın girdiğini gördü. Bu kez hemşirenin ittiği tekerlekli sandalyesinde odadan çıkan Mert'e gülümsemeye çalışırken yanına gelen Murat'la tokalaştı.

-İyileşti Murat.

-Evet komiserim.

Yanmaya başlayan gözlerini ovalayarak derin bir nefes alıp kendine geldi. Bayıldığı depoyu aklına getirince de sordu.

-Neler oldu Murat?

-Sizi buldukları depodan iki farklı çocuğa ait ceset çıkarıldı.

Serhan duyduklarını algılamaya çalışırken Murat devam etti.

-Çocuklardan biri kırk gün kadar önce öldürülmüş. Diğeri çok daha eski. Kriminal incelemede cinayetin depoda işlendiğine dair kalıntılar bulundu. Adamın yanına aldığı çantada hidrojen peroksit, etil alkol çözeltisi ve çamaşır suyu varmış. Yani bir şekilde olay yerini temizlemek için oraya gitmiş.

Az önce yaşadığı karmaşık duygu durumunu hızla atlatan Serhan cevap verdi.

-Adam onu tuzağa düşürdüğümü söyledi bana.

-Muhtemelen takip ettiğiniz içindi.

-Beni kendi ayaklarıyla neden olay yerine götürsün ki? Hem cep telefonumu çalışma odasında düşürmüşüm. Yani takip edildiğini biliyordu.

-Ama yalnız değildi. Hazırlıklıydı.

-Yani peşinden gelen ölecekti ama yine de mantığıma uymayan bir şeyler var.

-Adamın evinde çocuklara ait istismar içeren kayıtlar bulundu.

Murat yüzünü tamamen ekşiterek devam etti.

-En kötüsü de görüntüleri adam kendisi çekmiş.

Serhan birkaç saniye düşündü.

-Görüntülerde istismar eden kişi adamın kendisi değil yani.

-Evet komiserim.

-Çünkü adamın lakabı Gözcü. Yani izleyerek zevk alıyor. Hem de hastalık derecesinde hijyen düşkünü. Bunların hepsi birleştiğinde adamın çocuklara dokunmadığını anlıyoruz. Ama o zaman niye olay yerine temizlik yapmak için döndü?

-Belki de diğerlerini korumak için.

-Diğerleri?

-Sayıları epey kalabalık gibi görünüyor. Cesetlere yapılan ilk analizde, dört farklı erkeğin işi olabileceğinden söz ediliyor.

-Kimlikler?

-Kesinlikle itiraf etmiyor. Avukatları sadece evinden çıkan görüntülerle ilgili yargılanmasını talep ediyorlar.

-Görüntüleri çektiğini kabul etti mi?

-Tabii ki hayır. Çocuk cesetleriyle bir ilgisinin olmadığını ve kayıtların da evine polis tarafından yerleştirildiğini söylüyor.

-Yani bizim tarafımızdan.

-Henüz ispatlanan bir şey yok ama evin çalışanları tarafından kimliklerimizin tespit edilmesi an meselesi.

-Onu suçlu göstermemizdeki amaç neymiş peki?

-Savcılığın amacımızı sorgulayacağını düşünmüyorum. İlk bakışta adamdan para koparmak ya da prestij kaybına sebep olmak isteyen polislerin işi gibi göreceklerdir.

-Olayların merkezinde yine ben varım.

-Daha fazla kanıta ihtiyacımız olacak komiserim.

Düşünmek için gözlerini kapatan Serhan, birkaç saniye süren sessizliği bozdu.

-Görüntülerdeki çocuklar ölen çocuklar mı?

-Ölen çocukların kimlikleri henüz belirlenemedi ancak görüntüler çok daha eskiye ait.

-Peki, görüntülerden istismarı yapan adamları bulmak mümkün değil mi?

-Hepsinin yüzlerinde maskeler var. Ortalama boy ve kilo hesabı için çalışılıyor. Vücutlarının çıplak kısımlarında doğum lekesi ya da ayırt edici bir özellik aranıyor. Siz Haşim Bayrak'ın ardından evden ayrıldığınızda bodrumda bir şey bulmuştum. Duvara çizilmiş bir çöp adam resmi.

-Yani bodrumda bir çocuğu alıkoymuş.

-Maalesef ben de öyle düşünüyorum ama daha fazla kanıt olmadan işimiz zor görünüyor.

-Peki Mert'le ilgili bir şey?

-Davayla hiçbir bağlantısını bulamadık ama doktoru izin verdiğinde onu da sorguya alacaklar.

-Tabii sonra da beni. Adamın yakalandığı gün Mert'in kendine gelişini bile şüpheli bulacaklar.

Serhan'ın cümlesinin üzerine aklına bir şey gelmiş gibi elini cebine götüren Murat, kırışmış bir kâğıt parçasını çıkarıp Serhan'a uzattı.

-Mert'in sosyal medyadan yazıştığı hesabın adresi. Uğur ulaşınca ilk size haber vermemiz gerektiğini düşündük.

Serhan kâğıdı hızla eline aldı.

-Merkezden kimsenin haberi var mı?

-Hayır, bu bilgiyi dosya dışında tuttuk. Oğlunuzun yazıştığı hesap yeniden aktif edilince, bilgisayarın sinyal verdiği yeri bulmak da kolaylaştı.

Kısa bir süre düşündükten sonra Serhan, Murat'a döndü.

-Önce hemşireyi çağır. Güçlü bir ağrı kesici yapmasını isteyelim. Sonra da taburculuk iznimi imzalat ve kalkmama yardım et.

Elinde tuttuğu kâğıtta yazan adresi içinden sessizce bir kez daha okudu. Murat henüz bilmese de adres Şule'nin muayenehanesine aitti.

4.
BÖLÜM

Sevmek;
İnsanları, vatanı, çocukları, kadını...
Görmek;
Fakirleri, acizi, garibanı, haksızlığı...
Hissetmek;
En derininden, en içten,
en samimi duyguları...
Umut etmek;
İyiyi, güzeli, adaleti,
hakça paylaşımı...

-Sabahattin Ali

Gecenin bir yarısı muayenehanesinin zili ısrarla çalmaya başlayınca elinde tuttuğu kitabı yavaşça koltuğa bırakıp dışarıdan görünmemeye dikkat ederek camın kenarına doğru yürüdü. Kalbi yerinden çıkacakmış gibi atarken sakin hareketlerle kapalı olan jaluziye dokundu. Bu açıdan binanın giriş kapısını görmesi mümkün değildi ama jaluziyi biraz daha aralayıp başını eğdi. Nefesini bile tutmuşken, büyük bir gürültüyle tekrar çalan zilin sesi yüzünden ani bir şok yaşayıp dikildiği yerde sıçradı. Bu saatte kim gelmiş olabilirdi? Masada bekleyen telefonuna ulaşıp polisi arayabileceğini düşündüğü sırada dışarıdan tanıdık bir erkek sesi duyuldu.

-Şule?

Serhan'ın sesini duyduğunda içi biraz olsun rahatlamıştı ama devam eden birkaç saniye içinde mantıklı düşünmeye başlayınca yeniden dehşete kapıldı. Kafasının içinden geçen ihtimallerin hiçbiri hayırlı bir sona ulaşmıyordu. Mert öldüğü için buraya kendisini tutuklamaya gelmiş olabilirlerdi. Ya da iş adamıyla arasında bir bağ bulan kocası yemin ettiği gibi karısını öldürmeye gelmişti. Titreyerek daire kapısına doğru adım atarken kafasından bunları geçirdi. İçerde kaldığı sürece güvende değildi çünkü kapının dışında Serhan bekliyordu ve bir şekilde içeriye girecekti. Hem saklanmak suçlu gösterirdi. Titreyen elleriyle kapının otomatiğine dokunurken, içinden "Ne olursa olsun." diye söylendi. Ardından ahşap daire kapısını araladı. Şimdi karşısında Serhan ve iki adam daha dikiliyordu. Konuşmasına fırsat vermeyen Serhan içeriye adımını attıktan sonra korkudan rengi bembeyaz olmuş kadının yüzüne iyice yaklaşarak konuştu.

-Şule, korkmana gerek yok. Ben buradayım.

Hastanede yapılan kuvvetli ağrı kesicilere rağmen fena hâlde acıyan belini zorlamamaya çalışarak kadının başını kendi göğsüne doğru yaklaştırdı.

-Geçti.

Önce şok hemen ardından da güvende olduğunu hisseden Şule'nin sinirleri yaşadığı karmaşık duygu durumunu kaldıramadığı için hıçkırarak ağlamaya başladı. Kocasının göğsüne bastırdığı yüzü, gözlerinden akan yaşlarla sırılsıklam olurken, Serhan'la birlikte gelen adamlardan birinin kendisine doğru bir bardak su uzattığını fark etti. Suyu içmesi için karısına yardım eden Serhan, sabırla sinir krizinin yatışmasını bekledi. Dakikalar sonra ağlayacak sebebi kalmayan kadın gözlerini Serhan'ınkilere dikerek sordu.

-Neler oluyor Serhan?

Arkasını dönerek beraberinde getirdiği adamları tanıtan Serhan, gözlüklü olan gencin Uğur, diğerinin de Murat olduğunu söyledi ve ekledi.

-Burada güvende değilsin Şule.

-Nasıl?

-Bilgisayarına sızarak Mert'in yazıştığı hesabın adresini buraya yönlendirmişler. Şimdi Uğur bilgisayarını inceleyip asıl adresi bulmaya çalışacak.

Şule onaylar anlamda başını sallarken masada bekleyen bilgisayarını işaret etti.

-Ama bunu neden yapsınlar?

-Ortada bir suç var ve bunu bir şekilde benim üzerime yıkmaya çalışıyorlar.

Uğur bilgisayarın başına geçerken gözlerini silen kadın birkaç saniye düşünüp aklına unuttuğu bir şey gelmiş gibi konuştu.

-Benim de sana göstermem gereken bir şey var.

Murat, Serhan ve Uğur meraklı gözlerle kendisine doğru bakarken bilgisayarın başına giden kadın, mail listesini açıp bir tanesinin üzerine tıkladı ve açık olan ekranı Serhan'ın da görebileceği bir şekilde odanın içine doğru çevirdi. İntihar eden karısını öldürmekle suçlandığı mailin içeriğini okuyan Serhan gözlerini kocaman açarak konuştu.

-Bu gerçek dosya değil.

Anlamayan Şule yüzünü ekşiterek sordu.

-Nasıl yani?

-Bu dosya Yeliz'in ölüm raporu değil. Birisi içeriği kafasına göre değiştirerek sana göndermiş.

Serhan konuşmaya devam ederken maili inceleyen Uğur söze girdi.

-Virüs de bu maile tıkladığınızda bilgisayara bulaşmış. Yani bu mail aracılığıyla bilgisayarınıza sızmışlar.

Bu kez Serhan'ın yanında dikilen Murat konuştu.

-Karınızla aranızı bozmaya çalışan biri ya da birileri, önce sizin yetimhanedeki kayıtlara ulaşmanızı sağlayarak karınızı suçlatıyorlar sonra da karınıza sahte bir mail göndererek sizden korkmasını sağlıyorlar.

Murat'ın söylediklerini sindirmeye çalışan Serhan birkaç dakika bekledikten sonra ellerini açarak tane tane konuşmaya başladı.

-Ortada öldürülmüş çocuklar ve tahminimizden daha büyük bir suç şebekesi var. Sizce bu adamlar karımla aramdaki ilişkiyi bozmaya çalışır mı? Bu durumla ilgilenirler mi?

Serhan birkaç adım geriye doğru giderek belini duvara yaslayıp derin bir nefes aldı. Mert kendine gelmişti. Haşim Bayrak suçlamaları reddederek kendisine savaş açmıştı. Karısının bilgisayarına sızan ve aralarını bozan birileri vardı. Ama hepsinden önemlisi Serhan'ın tutuklanması için savcılıktan acil bir emir çıkabilirdi. Kafasından bunları geçirirken Şule'ye döndü.

-Acil alman gerekenleri çantana koy, hemen çıkıyoruz.

Sonra Uğur'a dönerek ekledi.

-Sen de bilgisayarı al. Detaylı incelemeyi merkezde yapacaksın.

* * *

Merkeze ulaştıklarında, hastaneden kaçar gibi çıktığı için gece amirinin yanına uğrayarak depoda yaşadıklarını anlatan ilk yazılı ifadesini verdi. Haşim Bayrak'ı neden takip ettiğini açıklayamamıştı. Adamın evine asansör görevlisi gibi girdikleri ortaya çıkarsa hem Murat'ı hem de kendini yakacağını biliyordu. Dava açılırsa cep telefonu sinyalleri izlemeye alınacak ve olay günü son sinyali Haşim Bayrak'ın evinden verdiği anlaşılacaktı. Oğlunun, evinde baygın bulunduğu adam, pedofili ve çocuk ölümleriyle suçlanırken Serhan'ın olaylarla bağlantısı didik didik araştırılacaktı. Suçluyu bulamazsa suçun üzerine kalması an meselesiydi. Yazıcıdan çıkan kâğıda imzasını attıktan sonra alt kata inerek kendi odasına doğru yürümeye başladı. Gecenin bu saatinde hareketliliğin devam ettiği koridordan sessiz bir gölge gibi süzülerek odasına ulaştı. Uğur bilgisayarın başında çalışırken Murat da yiyecek bir şeyler almak için dışarıya çıkmıştı. Şule'yi eve bırakıp kapıları kilitlemesini tembihledikten sonra Mert'in başına da genç polislerden birini nöbetçi bırakmıştı. Her şeyi unutarak yalnızca ailesiyle olmak istiyordu ama mantıklı düşünüp içine düşürüldüğü tezgâhı çözemezse hapse girerek ailesinden ömür boyu uzak kalabilirdi. İlk olarak Haşim Bayrak'ın burs verdiği tüm çocukların listesini çıkardı. Tanıdık bir isim ya da şimdiye kadar bulduklarıyla bir bağlantı yakalamaya çalıştı ama yoktu. Sonra adli tıbba alınan cesetlerin ölüm yıllarını öğrendi. Bir tanesi kırk gün kadar önce ama diğeri net olmasa da yirmi yıldan fazla bir süre önce öldürülmüştü. Çocuğun kimliğini bilmediği için buradan sadece ortalama bir yıl hesabı yaparak yetiştirme yurdundaki kayıtları inceleyebilirdi. Elinde yiyeceklerin olduğu kocaman bir poşetle Murat içeriye girince bütün ilgisi o tarafa kaydı. Karnı çok acıkmıştı ama yemeklerle ilgilenemedi. Önüne ambalaja sarılı yarım ekmek bırakan Murat'ın gözlerinin içine bakarak konuştu.

-Yirmi yıl geriye giderek yetiştirme yurdunda bakıcılık yapmış bütün isimleri çıkarmanı istiyorum.

-Peki komiserim.

-Ben de o tarihlerde kayda alınmış tüm kayıp çocuk ihbarlarını bulacağım.

Sonra Uğur'a dönerek ekledi:

-Sende bir şey var mı?

Az önce Murat'ın masasına bıraktığı yarım ekmek dönerden kocaman bir lokma alan çocuk, yakalanmış gibi kafasını aniden Serhan'a çevirerek yanıtladı.

-Henüz yok komiserim ama virüsü çözebileceğimi düşünüyorum.

-Yani?

-Yani, virüsü çözebilirsem kaynağına da inebilirim.

-Bu bize net bir adres verir mi?

-Verir ama adreste birileri var mıdır onu bilemiyorum

-Amaçları bize vakit kaybettirmek mi yani?

-Oyalandığımızı düşünüyorum.

Bu kez Murat söze girdi.

-Neden?

-Çok daha karmaşık bir program kullanabilirlerdi. Bu yazılımla kaynağa ulaşmamız en fazla birkaç gün sürer.

-Daha önce de böyle olmuştu.

-Aynen öyle komiserim. Bize bir yem atıyorlar ve biz onu birkaç gün boyunca yemeye devam ediyoruz.

Tutuklanması an meselesiyken birkaç günün çok uzun bir süre olduğunu düşünerek içinden bir küfür etti. Yaptığı şey samanlıkta iğne aramaktan farksızdı. Yeniden Haşim Bayrak'ın depoda söylediklerini aklına getirdi. Adam da tuzağa düşürüldüğünü itiraf etmişti. Serhan'ı öldürerek birilerine mesaj gönderecekti ama kimlere? Bu kez aklına bambaşka bir şey gelince odadan çıkmak üzere olan Murat'a seslendi. Yardımcısının geriye döndüğünü görünce de devam etti.

-Ortak bir tanıdık…

Mırıldanır gibi kurduğu cümleyi daha net anlaşılması için yüksek sesle tamamladı.

-Hem Şule'yi hem de beni tanıyan biri. Şule'nin görüşmediği kız kardeşi.

Serhan önünde açık olan bilgisayardan karısının sorgulandığı gece verdiği ifadeyi buldu. Satırlarda hızlıca göz gezdirirken Ayla ismini okuyunca durdu.

-Kardeşinin adı Ayla Tekinoğlu. Hem yetimhane geçmişi var hem de Şule'nin iyiliğini istemeyecek sebepleri.

Kısa süren sessizliği yine kendisi bozdu.

-Murat, sen dediklerimi araştır, bununla ben ilgileneceğim.

Murat'ın odadan çıkmasıyla açık olan sistemden kızın adını arattı. Farklı yaş gruplarından üç tane kimlik önüne çıkmıştı. Şule'yle aralarında birkaç yaş olacağını düşünerek en yaşlı olanını eledi. Diğeri de fazla genç kalıyordu. Aradığı kardeş seksen üç doğumlu Ayla'ydı. Resmin üzerine tıklayınca yuvarlak yüzlü bebeksi hatlara sahip kızla karısı arasında hiçbir benzerlik kuramadı. Resmin altına sıralanmış sabıka kaydını görünce bir kez daha şaşırdı. Fuhuş, kasten adam yaralama, uyuşturucu madde bulundurma... Lakabı Merlin'di. Türkçe karşılığıyla polis kayıtlarına geçirilmiş lakabın Marilyn Monroe'dan gelebileceğini düşündü. Sarı saçları, beyaz teni ve bebeksi yüzüyle gerçekten de andırıyordu kadını. Bir alt sayfaya indiğinde, sarı renkle belirginleştirilmiş büyük harflerle yazılı başlığı okuyunca bir süre hareketsiz bekledi. Öldürülmüştü. Çalıştığı pavyonda açılan ateş sonucu hayatını kaybetmişti. On yedi yıl öncesinin tarihini ekleyerek, Google'dan Merlin lakabıyla pavyonun adını yazıp araştırmaya başladı. Haberler kısmında aradığı şeyi bulmuştu. Çözünürlüğü düşük bir resmin altında geçen haber Ayla Tekinoğlu'nun değil, genç konsomatris Merlin'in ölüm haberini iki satırla anlatıyordu. Şule kardeşini isminden aratsa bile bu habere asla ulaşamazdı. Yıllar sonra karısına acı haberi vererek kardeşinin bir yerlerde mutlu bir şekilde yaşıyor olması umudunu söndürmek anlamsızdı. Açık olan ekranı kapattıktan sonra masada bekleyen paketten bir sigara alıp yaktı. Duygusallaşmadan araştırmaya devam etmeliydi. Karısının kardeşini şüpheli listesinden düştüğüne göre şimdi kayıp çocuk kayıtlarına bakabilirdi.

* * *

Gün ağarmak üzereyken ağrı kesiciler etkisini kaybetmiş ve belindeki kırığa benzer acı yeniden varlığını hatırlatmaya başlamıştı. Yüzünü buruşturarak oturduğu sandalyeden kalktı, koridora çıktı. Etraf ilginç bir şekilde boştu. Belini tutarak ağır adımlarla kantine yürüdü. Kapıdan girdiğinde duvara asılmış tarihi ecza dolabını açıp içinde güçlü bir ağrı kesici bulmaya çalıştı. Pamukların arkasında kalan Batticon şişesini yere devirince kendine kızdı ama eğilip şişeyi alacak gücü bile kalmamıştı. Sonra el yordamıyla bulduğu, paketinin üzerinde kas gevşetici yazan ilaçtan birkaç tane birden çıkararak ağzına attı. Çay semaverinin kaynadığı tezgâha yönelerek çeşmeden bir bardak su aldı. Haplar boğazında beklerken temiz içme suyu arayacak vakti yoktu. Suyu içtikten sonra bir süre sırtını duvara yaslayıp bekledi. Betondan gelen serinlik biraz da olsa rahatlamasına sebep olmuştu. Cep telefonunu eline alıp saate baktı. Altıya gelmek üzereydi. Kayıp çocuk ihbarlarından ilgisini çeken bir detay bulamadığı için Haşim Bayrak'ın banka hesaplarını incelemeye başlamıştı. Anormal sayılabilecek bir para akışı ya da dikkatle incelendiğinde ortaya çıkacak bir bağlantı aradı ama her şey son derece temizdi. Aklından bunları geçirirken önce tuvalete uğradı sonra da odasına geri dönmek üzere ağır adımlarla yürüdü. Koridorda nöbet değişimi yapan bir iki polisten başka kimse yoktu. Odasına girmeden Murat'ın çalıştığı bölmeye girdi. Belindeki acı yüzünden sandalyede oturmak istemedi. Genç polisin çalıştığı masanın başında dikilerek sırtını yine duvara yaslayıp konuştu.

-Mert'in ifadesini en fazla ne kadar geciktirebiliyoruz?

Gece boyunca üst üste içtiği sigaralar yüzünden sesi çatallı çıkan Murat yanıtladı.

-Yirmi dört saat ertelenmesini istedim.

-Onaylandı mı?

-Şu an bütün ilgileri Haşim Bayrak'ın üzerinde olduğu için evet.

-Bu bize bir gün kazandırır.

Masada bekleyen soğumuş kahveyi kafasına diken Murat açık olan bilgisayar ekranını Serhan'a doğru çevirdi.

-Yetiştirme yurdu kayıtlarında, aradığımız tarihlerin içinde en uzun süre çalışmış olan bakıcı kadınların listesini çıkardım. Düşen taciz davalarının hepsinde ve bulunan cesedin ölüm yılına denk düşen zamanlarda çalışan üç farklı kadın var.

Ekrandaki resimleri göstererek konuşmaya devam etti.

-Bu ilk resimdeki kadın sekiz yıl önce ölmüş.

-En az yirmi yıl öncesine ait bir davayı yürütünce birileri ölmüş oluyor tabii.

-Elimizde iki kişi kalıyor. Ortadaki resim Kamile Aydın.

-Adres?

-Yaşlılara ait bakımevinde kalıyor.

-Tamam, ilk bu kadından başlıyoruz.

Serhan yaslandığı duvardan uzaklaşarak ekledi.

-Adresi al, çıkıyoruz.

* * *

İstanbul'un diğer yakasında bulunan bakımevine ulaşmak için acele ettiklerinden sabah trafiğinin tam ortasında kalmışlardı. Aç karnına içtiği ağrı kesiciler yüzünden yanmaya başlayan midesine iyi geleceğini düşünerek sıkışan araçların arasında, tahta bir çubuğun üzerine dizili simitleri satan orta yaşlı adama seslenen Serhan, iki tane simit aldı. Beklediğinden daha taze olan simitlerden birini Murat'a uzatıp diğerinden kocaman bir parça ısırdı.

Detayları düşünmesi, görünmeyeni görmesi ve hepsinden önce acele etmesi gerekiyordu. Masum bir iş adamının evine gizlice girip, pedofiliye ait deliller yerleştirip, adamı iki farklı cesedin bulunduğu bir araziye yönlendirerek suçlu görünmesini sağlamak yüzünden hapse girmesi an meselesiydi. Ama daha da kötüsü ölen çocuklarla ilgili yargılanacak olmasıydı. İfadesinde oğlunun baygın bulunduğu evin sahibi olduğu için adamı izlediğini söylemişti ama adamı suçlayacak yeterli delil bulamazsa bütün suçlar üzerine kalacaktı.

Düşünmeye devam ederken sıkıntıyla radyonun açma düğmesine bastı. Cızırtılı çalan birkaç kanalı tek tek gezdikten sonra yine tek hareketle radyoyu kapattı. Köprüden geçerken camı açtı ama birkaç saniye içinde tekrar kapattı. Sanki tüm hareketleri başka biri tarafından kontrol edilen aciz bir kukla gibiydi. İçine çekildiği tuzak, ailesini de kapsadığı için sağlıklı düşünemiyordu. Olay yerini bir şekilde bulmuştu ama ortada kesin bir suçlu yoktu. Kameranın kablosunu kesen oğlu bunu kız arkadaşı istediği için yaptığını söyleyip duruyordu. İntihar etmeden önce Haşim Bayrak'ın bilgisayarının şifresini söyleyen kayıp kız... Ortada ne bir intihar ne de bir kız vardı. İfadesinde bir şeyleri ağzından kaçırma ihtimali olan oğlunu gece ziyaret ederek polislere bunları anlatmaması için tembihlemişti ama bu konuda Mert'e güvenemezdi. Profesyonel bir suçlu değildi. Yalan söylediğinde yüzünden anlaşılıyordu. Tıpkı babası gibi o da bir şekilde olayların içine çekilmişti. Aklından bunları geçirirken aracın yavaşlamasından geldiklerini anladı. Yüksek demir kapının ardından görünen güvenliğe, aracın camından komiser kimliğini uzattıktan sonra kapının açılmasıyla içeriye girdiler. Şimdi danışmayı bulup kadının kaldığı bölümü öğrenmeleri gerekiyordu. Trafikte fazla oyalandıklarından saatin dokuz buçuğa geldiğini fark edince adımlarını hızlandırıp Murat'ın yanından girişteki danışma yazan kısma girdi.

Kamile Aydın, kısmi felçli olarak getirildiği bakımevinin B bloğunda kalmaktaydı. Yüksek güvenlik önlemlerinin olmadığı bahçede ellerini kollarını sallayarak danışmadaki adamın yönlendirdiği bloğa doğru yürüdüler. Bahçeye hava almak için çıkmış yaşlıların arasından geçerken yetiştirme yurdunu hatırladı. Savunmasız kalan her insan aynı masumiyeti taşıyordu işte. Yeterince küçük ya da yeterince büyük olan herkes aynı saf bakışlarla süzüyordu ziyaretçileri. Dışarıya çıkamadıkları için sanki dışarıdan gelen herkes gerçek hayata aitmiş gibi ilgiyle seyrediliyordu.

B bloğa girdiklerinde hastane koridoruna benzeyen ilk katta gördükleri görevliye kadının ismini söylediler. Yerleri silen temizlik görevlisinin yönlendirmesiyle bir üst kata çıktılar ama serviste normal olmayan bir hareketlilik vardı. Hemşirenin elinde tepsiyle koşturduğu odanın kapısına yığılmış birkaç yaşlı insanı görünce hızla o tarafa yöneldiler. Doktor olduğunu anladıkları adamın odaya girmesiyle Serhan da kapıdan girmek için hamle yaptı ama içerden çıkan başka bir kadınla az daha çarpışıyordu. Kadının şaşkın yüzünü aklına kazıyarak neler olduğunu öğrenmek için hemşirenin yanına gitti. Müdahale ettikleri kadın Kamile Aydın olmalıydı. Kimliğini göstermek için elini cebine attığında hemşirenin sert uyarısıyla kendine geldi.

-Dışarı çıkar mısınız?

-Neler oluyor?

-Aniden solunumu durdu ve müdahale ediyoruz.

-Kamile Aydın değil mi?

-Evet beyefendi, şimdi dışarı çıkar mısınız?

Ardından odaya giren temizlik görevlisinin eliyle kapıyı işaret ettiğini gördü. Doktor yatakta yatan kadının boğazına metal bir cisim sokarken şaşkın bakışlarla geriye doğru adımlar atarak kapıdan çıktı. Şimdi kapı ardından kapanmıştı ve koridorda biriken meraklı yaşlıların arasında Murat'la ikisi kalakalmıştı. İlk şaşkınlığını atlattıktan sonra sadece birkaç saniye gözünün önünden bir resim geçti. Az önce kapıdan çıkarken çarpmak üzere olduğu kadın. Evet. Aynı kadını Mert'in odasından çıkarken de görmüştü. Ani bir hareketle Murat'a döndü.

-Koş Murat. Aradığımız kadın kaçıyor.

Emre uyan Murat, az önce odadan çıkan kadının peşinden koşarken Serhan da belinin müsaade ettiği en hızlı adımlarla peşinden ilerledi ama daha bahçeye bile çıkamadan Murat'ı gözden kaçırmıştı. Çıkış kapısına geldiğinde önce sağa sonra da soluna baktı ama ortalıkta ne Murat vardı ne de kadın.

* * *

Sivil polis aracının başına giderek Murat'ı birkaç kez cep telefonundan aradı ama tahmin ettiği gibi cevap veren olmamıştı. Sonra girişteki güvenlik kulübesine giderek kendisini tanıttı. Ziyaretçilerin listesinin tutulduğu bir defter görmek istediğini söyleyince adamla birlikte az önce çıktığı B bloğa geri döndüler. Servisteki hareketlilik halen devam ederken hemşire odasına giren güvenlik elinde bir defterle dışarıya çıktı. Defteri eline alan Serhan tarihlerde geriye giderek Kamile Aydın adına yapılan tüm ziyaretçilerin adını görmeye çalıştı. Son ziyaret bir saat önce yapılmıştı. Ziyaretçi ismi Hande Erdem'di. İsmin sahte olduğundan emindi ama tarihlerde geriye giderek aynı ismi görmeye çalıştı. Bir hafta kadar geriye gitmesine rağmen Kamile Aydın adına başka ziyaret göremedi. Sonra yanında bekleyen güvenlik görevlisine dönerek sordu:

-İçerde müdahale edilen kadın. Yüz iki numaralı odada kalan. Ziyaretçisi olur muydu?

-Kamile Anne'nin mi?

-Evet, Kamile Aydın.

-Pek olmazdı. Ama geçen haftaya kadar şişman bir oğlan gelip giderdi.

-Akrabası mıydı?

-Bildiğim kadarıyla hayır.

-Servislerde güvenlik kamerası var mı?

-Mahremiyet açısından yok. Tek kamera girişte.

-Güvenlik kulübesinin orada?

-Evet.

-Bana kayıtları gösterebilir misin?

-Tabii.

Serhan adamın peşinden tekrar geldikleri yoldan çıkışa doğru yürüdü. Aklı Murat'ta kalmıştı ama şu an yapabileceği tek şey kamera kayıtlarından tanıdık bir yüz bulmaktı. Aklından bir hafta öncesinin tarihini hesapladı. Kulübeye geldiklerinde eski tip bir televizyon ekranına benzeyen, kameranın bağlı olduğu aygıtı gördü. Siyah beyazdı ama işine yarardı. Programın üzerinden bir hafta öncesinin tarihine giderek akan görüntüyü hızlandıran güvenliğin hareketlerini izledi.

Doğru tarihe geldiklerinde ekranın üst kısmında kalan saatin geriye doğru sayarken adamın durdurma tuşuna bastığını fark etti. Şimdi görüntüler hayatın olağan hızında akmaktaydı. Kapıdan içeriye giren şişmanca genci görünce adam eliyle işaret etti.

-Bu çocuk.

Kafasında beyzbol şapkası olan obez gencin yüzünü görmesi mümkün değildi. Sıkıntıyla, gözlerini ekrandan ayırmadan söylendi.

-Daha net bir görüntü yok mu?

-Şimdi olacak.

Evet. Kulübenin cam hizasına geldiğinde hafifçe çevirdiği başıyla yüzü net bir şekilde görünmekteydi. Heyecanla enter tuşuna basan Serhan görüntüyü durdurdu. Cebinden çıkardığı cep telefonuyla yakalayabildiği en net karenin fotoğrafını çekti. Sonra güvenliğe teşekkür ederek yeniden sivil polis aracının yanına doğru yürümeye başladı. Yürürken önce Uğur'a fotoğrafı gönderdi sonra da rehberden ismini tuşladı. Birkaç çalışın ardından telefon açılmıştı ama ilk Serhan konuştu.

-Uğur, sana gönderdiğim fotoğraftaki çocuğun kimliğini araştırmanı istiyorum.

-Tabii komiserim, bir saniye hatta kalın.

Aracın başına geldiğinde telefonun diğer ucundan gelen tuş seslerini işitti. Görüntüdeki gencin sabıka kaydı varsa bulmak çocuk oyuncağıydı. Tahmin ettiği üzere Uğur da sisteme görüntüyü yükleyerek daha önce suçlanmış isimlerle karşılaştırma yapıyordu. Birkaç dakika süren bitmeyen sessizliğin ardından Uğur konuştu.

-Buldum komiserim. Cem Uygar.

-Kimmiş?

-Uyuşturucu madde bulundurma suçundan iki kez gözaltına alınmış.

-Yetiştirme yurdunda mı büyümüş?

Yine birkaç saniye süren sessizliği Uğur bozdu.

-Evet komiserim.

-Tamam Uğur. Bu çocuğa ait bulabildiğin tüm bilgileri istiyorum.

Telefonu kapattıktan sonra ekranda yazan Murat ismini görünce hiç bekletmeden yanıtladı.

-Murat?

-Yakaladım komiserim.

* * *

Sahil şeridinden devam ederek yerleşim yerlerinin bittiği ıssız bir noktada aracı durdurdular. Öğle güneşinin yakıcı sıcağı altında, plastik kelepçeyle arka koltuğa oturttukları kadını Serhan dışarıya çıkardı. Dava bu duruma gelmişken kadını merkeze götürmeleri imkânsızdı. Sorguya başlamak için önce etrafın yeterince ıssız olup olmadığını kontrol etti sonra da kadının bileklerindeki kelepçeyi kesti. Araca sırtını yaslayan kadın bileklerini oynatabilmenin verdiği rahatlamayla kollarını ileri geri sallarken Murat söze girdi.

-Kimsin?

-Suçlu değilim ben.

-Suçlu olmasan kaçmazdın.

-Suçum neymiş?

Asfaltın bittiği noktada kalan cılız bir ağacın gövdesine yaslanan Serhan devam etti.

-Kamile Aydın'ı nereden tanıyorsun?

-Kamile Aydın'ı tanıyan herkes suçlu mu?

-Kadının solunumu durdu. Bunu sen yaptın.

-Ben hiç kimseye bir şey yapmadım.

Bu kez Murat söze girdi.

-Kadın öldü.

Kamile Aydın'ın ölüm haberi, bekledikleri gibi kadının yüzünde herhangi bir hüzün ifadesine sebep olmamıştı. Serhan devam etti.

-Oğlumun odasına hemşire kıyafetiyle girdiğin gün de onun solunumu durmuştu.

-Karıştırıyorsunuz.

Kadına ait çantayı elinde tutan Murat kırmızı renkli cüzdanın içinden çıkardığı kimlikteki ismi okudu.

-Hande Erdem.

-Evet benim ve bırakın gideyim.

-Saatler önce felçli bir kadını öldürdün.

-Ben kimseyi öldürmedim. Suçum ispatlanmadan beni böyle alıkoyamazsınız.

Bu kez Serhan söze girdi.

-Sahte kimlik taşımak da bir suçtur.

Yetimhanede kaydını bulduğu kız şu an tam karşısında durmaktaydı. Haşim Bayrak hakkında açılan ilk davadaki isim, hastanedeki sahte hemşire ve Kamile Aydın'ı öldüren ziyaretçi. Hepsi aynı insandı.

Serhan devam etti.

-Derya Candan!

Bu kez kadın gözlerini kocaman açarak Serhan'a baktı.

-Adın bu.

Kadın hayır anlamında başını sallarken, Serhan tekrar konuştu.

-Cem Uygar...

-Kimden bahsettiğinizi bilmiyorum.

-Ama ben biliyorum. Şimdi ya suç ortağına haber verir onu bizim söylediğimiz yere çağırırsın ya da sahte kimlik taşımak ve sahte hemşire kılığında oğlumu zehirlemek suçundan seni tutuklarım.

-Yanlış yapıyorsunuz.

Bu kez Serhan gülümseyerek alaylı bir ses tonuyla cevap verdi.

-Hangi konuda?

-Ben sizin tarafınızdayım.

-Kime karşı bizim tarafımızdasın?

-Düşmanımız ortak.

-Felçli bir teyze mi benim düşmanım? Yoksa zehirlediğin oğlum mu?

-Sadece beni tutuklama komiser. Bize biraz zaman ver.

-Ne kadar zaman istersiniz? Bir hafta yeter mi?

Serhan'ın kinayeli sorduğu soruya, güneşin altında terlemeye başlayan yüzünü sildikten sonra cevap verdi.

-Beni bırakmanı istemiyorum. Sadece tutuklama.

-Anlat o zaman.

-En başından beri her şeyi gizli yürütmedin mi? Sadece bir gün daha aynı gizliliği devam ettir.

Kadının kurduğu cümlenin üzerine yaslandığı yerden gövdesini ayıran Serhan kuşkulu gözlerle sordu:

-En başından beri derken?

Sorduğu soruyu muhatap almayan kadın gözleriyle sahile doğru bakarken Serhan ekledi.

-Cem'i biz bulalım istiyorsun yani?

-Cem diye birini tanımıyorum.

Bu kez kadına doğru birkaç adım atan Serhan, cebinden çıkardığı telefonundaki fotoğrafı açıp ekranı kadına doğru uzatarak sordu:

-Görünce hatırlarsın belki.

Kıstığı gözleriyle telefona doğru tiksinerek bakan kadın soruyu hemen cevapladı.

-Tanımıyorum.

-Seni merkeze götürmediğim için bana teşekkür etmek yerine böyle mi davranacaksın?

Murat devam etti.

-Cem Uygar. Bütün ekiplere bildirelim.

-Uyuşturucu bulundurmak suçundan ceza alan çocuk değil miydi bu?

-Evet komiserim.

-Hem belki bu sefer üzerinde satacağı kadar çok uyuşturucu da bulunur. Ne dersin?

-İğrençsiniz.

-Sadece fazla gerçekçiyiz. Şimdi çağırıyor musun? Yoksa merkeze kadar bize eşlik mi edeceksin?

-Cem'in bir suçu yok.

-Bak ne güzel hatırladın işte.

Serhan elinde tuttuğu telefonu kadına uzattı.

-Hadi ara sonra da bana ver.

Kadın sinirli bir ifadeyle derin nefes aldıktan sonra Serhan'ın uzattığı telefonun klavyesine rakamları tuşladı. Altta kalan ahize işaretine basıp arama yapacağı sırada ekranda beliren ismi görünce şaşkınlıkla nefesini tuttu. Serhan ne olduğunu anlayana kadar da elindeki telefonu sahile doğru hızla fırlattı. İlk şoku atlatan Serhan, telefonun düştüğü yere doğru hızlı adımlarla giderken Murat da anlık bir refleksle kadını tuttu. Bakımsız çimlerin üzerine düşen telefonu eline alan Serhan önce güneşin altında kalan klavyenin yansımasında kendi yüzünü gördü. Sonra da ekranda yazan ismi. Oğlunun sevgilim dediği kızın numarasını kendi telefonuna kaydettiğini hatırladı. Elif aranmaktaydı.

5.
BÖLÜM

Unutma,
dışarıda bir yığın ihtimal ve
seçim var.
Senin bir geleceğin var.

Akşam olmak üzereyken, Cem'e ilettikleri konuma ulaştılar. Küçük bir balıkçı teknesinin göründüğü kayalıklara doğru aracı iyice yaklaştıran Murat, motoru istop ettirip el frenini çekti. Artık sadece bekleyeceklerdi. Ne ile karşılaşacaklarını bilmeyen Serhan, aracın içinde yem gibi oturup beklemektense kayalıkların olduğu kısma geçmeyi uygun gördüğünden Murat'a kadına yardım etmesini söyleyip önden yürüdü. İstanbul'un Karadeniz'le birleştiği sahilde, dalgaların getirdiği rüzgârın ferahlatıcı etkisini yüzünde hissederken cebinde bekleyen ağrı kesicilerden birini ağzına attı. Hapı biraz ağzında çevirdikten sonra da yuttu. Dik bir kayanın hemen yanında uygun gördüğü bir yere sırtını yaslayıp belinde bekleyen silahını kontrol etti. Birkaç dakika sonra dikildiği yerin önünde, Murat'ın yanında oturan kadın kollarını ovuşturmaya başlamıştı. Yaz mevsiminin yakıcı havasında bile Karadeniz'e ait serinlik, askılı bir tişörtle oturan kadının üşümesine sebep olabilirdi. Sonra centilmen yardımcısının aracın bagajında duran yeleği alıp kadının sırtına koyduğunu gördü. Suçlu bile olsa, insan her yerde insandı. Üşüyebilir, acıkabilir, canı yanabilirdi. İnsana insanca muamele ettiği için Murat'ı tebrik etmedi ama durum hoşuna gitmişti. Sonra saatini kontrol etti.

-Cem seni sattı bence.

-Cem beni satmaz.

Kadının kurduğu cümlenin üzerine, anayola bağlanan taşlık yoldan yukarıya kalkan toz bulutunu gördüler. Siyah bir minibüs şimdi bulundukları kayalıkların yanına kadar gelmişti. Murat oturduğu yerden kalkarken Serhan hareketsiz bekledi. Aracın motoru durmuştu ama bir süre hiçbir hareket olmayınca elini belinde bekleyen silahına götüren Serhan, Murat'a geriye doğru gelmesini işaret etti. Üzerlerine ateş açılabilirdi. Birkaç dakika sonra aracın orta kapısından genç bir kızın indiğini gördüler. Zararsız denebilecek kadar cılız ve masumdu. Sonra peşinden orta yaşlı bir kadın ve sürücü koltuğundan obez bir genç erkek indi. Fotoğraftaki Cem buydu. Yanlarına doğru yürürlerken Murat öne atılıp Cem'in üzerini kontrol etti.

-Temiz komiserim.

Yazlık giysilerin içindeki kızların silah taşımadığı çıplak gözle bakınca da anlaşılıyordu. Serhan'ın dikildiği kayalığın önüne geldiklerinde yine ilk Serhan konuştu.

-Elif hanginiz?

Kimseden ses çıkmayınca devam etti.

-Benimle oyun oynayacak pozisyonda değilsiniz. Şimdi başlayın anlatmaya.

Bu kez yerde oturan Derya söze girdi.

-Benim.

Serhan anlamamış gözlerle bakarken, Cem'in yanında dikilen cılız kız hayır anlamında başını salladı.

-Hayır, benim. Yani oğlunun sevgilisi bendim.

-Yani intihar eden kız?

Kimseden ses çıkmayınca yeniden Serhan konuştu.

-Eğer tutuklanacak olursam sizi de beraberimde götürürüm. Şimdi vakit kaybetmeden başlayın anlatmaya.

Serhan'la göz göze gelen Cem konuştu.

-Olayların böyle sonuçlanmasını biz istemedik.

-Hangi olayların?

-Yaşananların. Yani başına gelenlerin.

-Başıma gelenlerin sorumlusu siz misiniz?

-Düzelteceğiz.

-Nasıl?

-Bizi buralara kadar getirmeseydin, şimdi her şey yoluna girmiş olacaktı.

-Benimle dalga mı geçiyorsun?

-Bazı şeyler planlandığı gibi gitmedi ve suçlu konumuna düştün ama dediğim gibi düzeltecektik.

-Nasıl dedim?

-Söyledim ya, bizi yakalamasaydın şu an başın dertten kurtulmuştu.

-Bilmece gibi konuşmayı bırak ve biriniz başlasın anlatmaya.

-Bizimle anlaşma yaparsan her şeyi anlatırız.

-Ne gibi bir anlaşma?

-Bu davada sadece tanık olarak dinleneceğimize söz vereceksin.

-Bilmediğim bir şey için nasıl söz verebilirim?

-Biz biliyoruz. Sen sadece söz vereceksin.

-Sözüme bu kadar güveniyorsunuz yani.

-Duyduklarından sonra kayıtsız kalamayacak bir karakterin olduğundan eminiz.

-Karakterimden bu kadar eminseniz söz vermeye gerek duymuyorum. Şimdi, kim başlayacak?

Elif elini havaya kaldırdıktan sonra ekledi.

-Ben başlayacağım, intihar eden kız.

-Ama o zaman?

-O iş biraz karışık komiser. İntihar ettiğim doğru ama aşağıya düştüğüm doğru değil.

-Nasıl?

-Aşağıya atladım ama bir kat altta benim için gerilmiş çapraz bir branda vardı. Mert yükseklikten bu kadar korkmasa ve annesinin travması yüzünden bayılmasa beni görebilirdi.

-Yani yaşlı kadın korkuluklarda seni gördü.

-Bir şeyleri hatırlasa bile güvenilir bir tanık olmayacağını biliyorduk. Bizi görmesi için de özellikle her gece camda oturduğu saati bekledik. Sonuçta Mert dışında seni benim varlığıma inandıracak biri gerekliydi.

-Ama neden? Oğluma kendini intihar etmiş gibi göstermekle ne elde edecektin?

-Anlatıyorum komiser.

-Yaşanan her şeyin sebebi eşek şakalarıyla dolu bir aşk hikâyesi mi?

-Bitirdiğimde hep beraber karar veririz.

-Mert bir suça mı bulaştı?

Başını hayır anlamında sallayan kız kelimelerin üzerine basarak konuştu.

-Bu hikâyenin en masumu Mert. Küçük bir kedi yavrusu gibi ağlayarak ona kameranın kablolarını kestiren bendim. Âşık bir erkek yeterince gençse sevdiği kadının her türlü mantıksız isteğine gönülden yanıt veriyor. Oğlunun bir suça bulaştığına inanman için onu kamerayı yok ederken görmen gerekiyordu. Bu sayede araştırmayı da gizli yürütecektin.

-Ama neden?

-Aslında ulaşmak istediğimiz sendin komiser. Oğlunu olayların içine çektiğimizde dışarıda kalman mümkün olmayacaktı ve Mert'i kullandık.

Bu kez orta yaşlı kadın söze girdi.

-Çocukluk travmasını kullandık desek daha doğru olacak. Henüz dünyayı bile anlayamamışken annesi tarafından terk edilen bir çocuk, hayatı boyunca terk edilme korkusuyla yaşardı. Kimsenin yeterince önemsemediği çocukluk travmaları ne yazık ki çocuklukta kalmıyor komiser.

Kadın kısa bir ara verip devam etti.

-Oğlun yetişkin biri hâline geldiğinde de zaafları travmalarına göre şekillendi. Terk edilme korkusu yüzünden sağlıklı ilişkiler kuramazken neredeyse hiçbir kızla sevgili olamadı. Özgüveni yoktu. Beyni genç kadınları güvenilmez olarak kodlamıştı. Aslında seni suçlarken bile kendi hissettiği suçluluk duygusundan kaçmaya çalışıyordu. Annesinin intiharı, senin isyanların ve dağılan ailenizle ilgili hep kendini suçladı. Mert doğmasaydı annesiyle boşanıp kendinize ayrı hayatlar kuracağınızı düşündü. Yani annesi hâlâ hayatta olacaktı.

-Ama bu doğru değil.

-Ama değersiz hisseden insanın bütün savaşları kendisiyle olur.

-Elif'e nasıl âşık oldu?

-Çünkü en az kendisi kadar suçlu bir kız bulmuştu. Hikâyeleri birbirine çok benzerdi. Hani çocukken dizlerinin bile aynı yerden kanadığına ikna edecek kadar benzer...

-Bana, yani Elif'e âşık olduğuna inandığımızda da planı devreye soktuk. Ama planı çok daha önce hazırlamıştık.

Bu sefer Cem söze girdi.

-Burada Elif diye biri yok kardeşim!

Gülümseyerek devam etti.

-Aradığında telefona ben cevap vermiştim. Geçen yıl tecavüzcü sapığı öldürdüğün gün de seni haberlerde ilk ben görmüştüm ve o gün seçilmiş kişi sen oldun komiser.

Serhan duyduklarını sindirmeye çalışırken Derya konuştu.

-Gerçekte hemşire falan olmadığımı biliyorsunuz. Sadece doğru zamanda servise sızdım.

-Oğluma ne yaptın?

-Ben değil süksinilkolin yaptı. Doğru dozda doğru aralıklarla verildiğinde öldürmeyecekti ama kanında da çıkmayacaktı. Doktorlar oğlundan kan örneği alıp laboratuvara gönderene kadar ilaç kanında çoktan parçalanmış olduğu için bulunamıyordu.

Bu kez diğer kadın söze girdi.

-Oğlunun baygın kalması gerekiyordu komiser. Ardında büyük bir gizem bırakarak durumu kötüleşirse, olayların peşini bırakmayacaktın.

-Peki, siz kimsiniz?

Sorusunu Derya yanıtladı.

-Biz o çocuklarız komiser.

-Anlamıyorum.

-Koruyucu aileye verildiğimde sekiz yaşındaydım. Geçici anne-babam iyi insanlar sayılabilirdi ama eski bir bağımlı olan amcam tarafından bir grup sapık zengine pazarlandım. Onları hayatımda ilk ve son görüşümdü ama yaşadığım birkaç saati hiçbir zaman unutamadım. Bedensel acıdan bahsetmiyorum bile.

Elif devam etti.

-Gruptaki her sapığın başka bir lakabı vardı. Hiçbiri gerçek isimlerini kullanmazdı. Maske takarak kimliklerini gizli tutarlardı. Ben de yedi yaşındayken tanıştım grupla... Zaten on yaşın üzerindeki çocukları yaşlı buldukları için dokunmuyorlardı.

Kızın cümlesini tamamlamasına izin vermeyen Cem söze girdi.

-Öfkeyle bakma komiser. Allah bizim belamızı vermiş zaten. Görmüyor musun?

Elleriyle reverans yapar gibi bir hareketle bedenini gösterip devam etti.

-Bana tecavüz eden adamın domuz gibi sesler çıkarırken kurduğu bir cümle yüzünden bu hâldeyim. Kalçalarım küçük olduğu için onu azdırmıştı. O günden sonra sürekli yemek yedim komiser. Kalçalarım çok büyük olursa bir daha hiç canımın yanmayacağını düşündüm.

Gözleri dolmaya başlarken birkaç saniye duraksadı.

-Sonunda sürekli kalbi tekleyen, şeker hastası ve toplum tarafından dışlanmış bir obez oldum. Yedikçe şişmanladım, şişmanladıkça değersiz hissettim, değersiz hissettikçe daha fazla yemek yedim. Çocukken yaşadığım birkaç saatin etkisiyle hayatım kısır bir döngüye hapsolmuşken, tek marifetim gizlice insanların bilgisayarlarını "hack"leyebilmekti.

Bu kez orta yaşlı kadın söze girdi.

-Bende durum farklı olmuştu. İlk tecavüze uğradığımda canım çok yansa da bunun normal bir şey olduğunu düşünmüştüm. Yetişkinler bunu çocuklara hep yapar gibi gelmişti ve boyu benden uzun olan herkesi canavar olarak hayal etmiştim.

Gözlerini kadından bir saniyeliğine bile ayırmayan Serhan, bulanmaya başlayan midesini kısa bir süre bastırdıktan sonra sordu.

-Hiç şikâyetçi olmadınız mı?

-Çok fazla korkutulan bir çocuğun yetişkin cesaretine sahip olmasını beklemek, mucize beklemekle aynı şeydir. Sadece iyi niyetli birileri tarafından fark edilirsek durum değişirdi ama değişmedi.

Derya devam etti.

-Tecavüz sonrası hastanelik olduğum için beni eve gelen iki farklı doktora tedavi ettirdiler. Ertesi gün acılar içinde kıvranırken başımda bekleyen bir adamın diğerine iyileşmezsem beni öldüreceklerini söylediğini duydum. İyi değildim ama iyileşmiş numarası yaptım. Kimseye bir şey söylemeyeceğimden emin olmak için yeterince korktuğuma inandıklarındaysa geri gönderdiler.

-Kaç yaşındaydın?

-Dokuz.

Aldığı cevapla yüzünü buruşturan Serhan, belindeki acıyı neredeyse tamamen unutup karşısında duran insanların hayat hikâyelerine odaklanmıştı.

-Bu zamana kadar neden hakkınızı aramadınız? Yani yetişkin olduğunuzda?

-Üzerinden yıllar geçmişken kimliklerini bilmediğimiz bir grup sapıktan mı şikâyetçi olacaktık? Polis bunu dikkate alır mıydı?

-Haşim Bayrak'ı tanıyorsunuz ama.

-Dinlemeye devam edersen başka isimler de vereceğiz sana.

Bu kez alakasız bir yerden Cem söze girdi.

-Bizi öldürmedikleri için şanslı olduğumuzu düşündün değil mi komiser?

Serhan cevap vermeyince çocuk devam etti.

-Hiçbirimiz yaşadığımız travmanın etkisinden kurtulamadık. Ölmedik ama yaşamadık da. Ya sürekli suça bulaşan asi çocuklar olduk, ya hafızamızı yok etmek için her türlü uyuşturucunun batağına bulaştık ya da intihar ederek fazlalık sayıldığımız dünyadan kendi isteğimizle ayrıldık.

Kısa süren sessizliği Elif bozdu.

-Oğlunun çocukluk travması yüzünden neler yaşadığını çok iyi hatırlıyorsun. Onun yaralarını sarmak için neler yaptığını... Annesini kaybettikten sonra bütün hayatını ona adamıştın. Oysa çocukluk, insan ömrünün en önemli zamanıymış. Sevgisiz kalan çocuk özgüvensiz olurmuş. Terk edilen çocuk ilişkilerinde bağımlı biri hâline gelirmiş. Sürekli azarlanan çocuk büyüyünce sık sık depresyona girermiş. Peki ya istismara uğrayan çocuk?

Duyduklarını anlamlandırmaya çalışırken midesine oturan yumruğun boğazına doğru hareket ettiğini hissetti. Her gün yüzlerce çocuk istismara uğruyordu. Kendi hayat koşturuşunun içinde sürekli olarak bir yerlere yetişmeye çalışırken sadece okuduğu haberlere üzülmekle yetiniyordu. Yeterince üzüldüğünde ya da çocuğa zarar veren kişiye sağlam küfürler ettiğinde vicdanında oluşan geçici rahatlama, hayatını yaşanır kılıyordu. Hem her yeni güne başka bir istismarın haberiyle uyanmak durumun kendisini normalleştirdiğinden, vicdanın sesi de erkenden susuyor ve masumiyetin gördüğü zarardan daha az etkilenen yetişkinler kendi hayatlarına zorlanmadan adapte olabiliyordu. Zarar gören hiç tanımadığı bir bedense, yaşanan olayın korkunçluğunu hayal ediyor ve bu durumu kendi yakınlarından biri yaşamadığı için şükür bile ediyordu. Hangisine yetişebilirim diye düşünerek vicdanını rahatlatırken, ayda bir kez yetiştirme yurdu ziyaretlerine gitmenin ve sadece bir tanesine bile olsa yardımcı olabilmenin geleceği geri dönüşsüz şekilde güzelleştireceğini fark edemiyordu. Kirli ve pis diye ötelenen çocuklar biraz daha büyüdüklerinde suça bulaşmaya başlıyor ve artık toplum tarafından kabul görmeyen bireyler hâline geldiklerinde, kurtarılmaları için çok geç kalınmış oluyordu.

Her şeyi çocukların maruz bırakıldığı davranış şekilleri belirliyordu. Daha güzel bir gelecek hayal eden, önce savunmasız olana karşı hassasiyet göstermeliydi. Doğru kelime bu diye düşündü. Hassasiyet ve empati. Hayatın her alanına sirayet ettiğinde insanlık gelişmeye başlıyordu. Diğer türlüsü tam bir kâbustu. Düşünceli ve hassas bir toplum oluşmadığı sürece, tekerlekli sandalyeler için özel yollar inşa edilmiyor, yaşlılarla empati kurulamıyor, hamilelere saygı gösterilmiyor, hayvanlara bile eziyet ediliyordu. Hemen herkes gibi, iyilik de bir yere kadar diye düşünürken kötülüğün sınırlarının olmadığını göremiyordu. Savunmasız olanı korumanın kahramanlık sayılmayacağını anlayamıyordu.

Aklından bunları geçirirken, sadece kendi oğluna eğilen bir baba olduğu gerçeğiyle de bir kez daha yüzleşti ama onu bile doğru düzgün yapamamıştı. Sorunlu ilişkisi yüzünden kavga etmemek için eve sürekli olarak geç gittiği günleri hatırladı. Ömrünün ilk altı yılında ne kadar az görmüştü oğlunu. Annesi öldükten sonra da tek çarenin doktor muayenehanelerinde olduğunu düşünerek her ay başka bir terapiye götürmüştü. Kendi içindeki boşluğu doldurmaya ve vicdanını rahatlamaya çalışırken sevgisiz bir çocuk yetiştirdiğini fark edememişti. Bencilce bir yaklaşımla büyüdüğünde enayi yerine konulmasın diye yaptığı iyilikleri bile tam anlamıyla onaylamamıştı. Eksikliğini çektiği her şeyin fazlasını kendi oğlunda görmek istemişti. Cesaretini kırarak, savunma yapmayı öğretmişti. Kötülükten uzak durmasını, sadece ve sadece kendisini korumasını tembihlemişti. Bir kere bile annesine âşık olduğu günlerden bahsetmemişti. Sevgiyi öğretmemişti. Hassas bir çocuk yerine, kötülüğün kol gezdiği topluma çelik miğferli asker yetiştirmişti sanki.

Ardından Elif'in kurduğu cümleyle düşüncelerinden sıyrıldı.

-Şimdi ihtiyacın olan kanıtları sana vereceğiz.

-Size nasıl güveneceğim?

-İş birliğine hayır dediğinde başı yanacak olan tek kişi sensin.

-Önce beni olayların içine çekiyor sonra da mecbur bırakıyorsunuz.

-Bu senin gönüllü yapacağın bir yardım komiser. Ortak özellikleri zenginlik ve pedofili olan bir grup sapığın işledikleri suçların yanlarına kalmasını ve yeni suçlar işlemek için dışarıda serbestçe dolaşmalarını istemezsin.

-Cezaları neyse çekmelerini sizden daha fazla istediğimden emin olabilirsiniz ama beni olayların içine çekerek şu anda şüpheli durumuna düşmemin sebebi de sizsiniz.

Ortaya söylediği cümleyi Derya üzerine aldı.

-Hâlâ anlamıyorsun. Sen olmasan kimse bizi ciddiye almayacaktı. Tamam, olaylar biraz kontrolden çıktı ama iyi tarafından bakarsak, cesetleri başında müfettiş olan bir polis ordusu buldu.

Cem devam etti.

-Cesetlerden birinde Haşim Bayrak'a ait sperm kalıntısına rastlanacak.

Serhan'ın konuşmasına fırsat vermeden ekledi.

-Adamın çocuklara dokunmadığını sen de biliyorsun ama bu adi bir sapık olduğu gerçeğini değiştirmiyor. Ve biz de ufak bir müdahaleyle savcılığın elinde delil olmasını sağladık.

-Peki, bana vereceğiniz kanıt?

-Gözcüler gözleyenleri sevmezler... Bu cümleyi hatırlamışsındır.

-Evet.

-Gözcümüz sadece tecavüz anlarını çekiyordu ama ekibin diğer bir elemanı toplantılarda kendini güvenceye almak için diğerlerinin kayıtlarını çekince öldürüldü.

Orta yaşlı kadın devam etti.

-Geçen yıl yatında yangın çıktığı için ölen iş adamını hatırlarsın.

Serhan başıyla onaylayınca kadın ekledi.

-Kaza değil, cinayetti. Grubun gizlice görüntülerini çektiği için Üstat'ın emriyle Haşim Bayrak'ın adamları tarafından yok edilmişti.

Kadının cümlesinin üzerine Serhan'a bakan Cem konuştu.

-Arabadan almam gereken bir şey var.

-Sen dur, Murat alsın.

Murat'ın araca yönlenmesiyle Cem devam etti.

-Yan koltuktaki sarı zarf.

Murat zarfla geriye dönerken çocuk ekledi:

-İçinde ölen iş adamının çektiği gizli görüntüler var.

Serhan zarfı eline aldıktan sonra birkaç saniye düşündü.

-Peki, bu görüntüleri neden direkt olarak polise vermediniz?

Sinirlenen Cem tane tane konuşarak anlatmaya başladı.

-Çünkü cesetlerin de ortaya çıkması gerekiyordu ve bize bir ordu şahit lazımdı. Ama en başında dediğim gibi, bugün bizi yakalamasaydın görüntüler şu anda polisin elinde olacaktı.

-Her an hapse girme riskim varken, belim bu hâldeyken ve iki gün önce kafama silah dayanmışken öylece bekleyeceğimi mi düşündünüz?

Sesi artık iyice yükselmişti.

-Hastanede yatıp kurtarıcımı bekleyecektim öyle mi?

-Sakin ol komiser.

Cem'in kurduğu cümlenin üzerine iyice sinirlenen Serhan, öne doğru atılınca Murat engel oldu.

-Sakin olacağım ha! Oğlum ölüyordu az daha.

Serhan bütün gözlerin üzerinde olduğunu fark edip kendi kendini sakinleştirmek için üst üste derin nefesler aldı. Karşısında dikilen insanların hepsi savunmasızken zarar görmüşlerdi. Tecavüzcüyü suçüstü yakaladığı gün gördükleri yeniden hafızasında canlanınca bakışlarını denize doğru çevirdi. Arkasını döndükten sonra da Murat'ın sesini duydu.

-Az önce adamların tanınmamak için maske kullandıklarını söylediniz.

Kısa bir es verdikten sonra ekledi:

-Anladığım kadarıyla grupla bir kereden fazla temasınız da olmamış. Ama anlamadığım şey, yıllar sonra hiç görmediğiniz adamları nasıl teşhis edebildiniz?

Gözleriyle Murat'ı süzen Derya cevapladı.

-Acıdan bayıldığımı düşündüklerinde, iyileşmezsem beni ortadan kaldırmalarını söyleyen Haşim Bayrak'tı ve baygın bir çocuğun önünde maske takmaya gerek duymamıştı.

Bu kez gözleriyle tek bir noktaya odaklanmışken cümleler ağzından istemsiz çıkıyormuş gibi anlatmaya devam etti.

-Yıllar sonra ziyarete gittiğim yetiştirme yurtlarından birinde adamı görünce öleceğimi sandım. O beni hatırlamamıştı, hatta göz göze bile gelmemiştik ama emindim. Sesi, elleri, hatta kollarındaki tüyler bile ilk günkü gibi kazılıydı beynime.

Devam etmeden önce birkaç saniye bekledi.

-Yetiştirme yurdunda kaldığım zamanlarda bakıcılarımızdan birinin grupla kesin olarak bağlantısı olduğunu biliyordum. Biz "Anne" derdik ama kadının adı Kamile Aydın'dı. İstismara uğradıktan sonra yurda döndüğümde bir hafta boyunca benimle özel olarak ilgilendi. Sanki birilerine bir şeyler anlatmamam için başıma konulmuş bir nöbetçi gibiydi. Bir hafta boyunca beni her yıkadığında vücudumdaki morlukları görüyor ama diğer bakıcıların görmemesi için hızla giydiriyordu.

Herkes kendisini dinlerken çatallanmaya başlayan sesini düzeltmek için boğazını temizledi.

-Haşim Bayrak'ın kimliğini öğrendiğim gün adını ve soyadını hiç unutmadığım bakıcı kadını da aramaya başladım. Çoktan emekli olmuştu ve yaşlılara ait bir bakımevinde kalıyordu. Aylar önce kadını bulduğumda yalvardım. Geçmişin intikamını alabilmek için bir kez de olsa iyilik yaparak bana yardım etmesini istedim ama ölümün nefesi yüzündeyken bile kaskatıydı yüreği. Canavar gibi yaşayan, canavar gibi ölüyor komiser.

Cem söze girdi.

-Kadından hiçbir şey öğrenemeyince ziyaretçi listesinden benim adıma ulaşmış. Kadının bir yakını olabileceğimi düşünmüş ama yaptığım ziyaretlerin sebebi her geçen gün ölüme biraz daha yaklaşmasını izleyerek mutlu olmaktı. Hasta mıydım? Belki de ama Kamile Anne'yi öyle gördükçe mutlu oluyordum.

Tekrar Derya devam etti.

-Cem'le ilk görüştüğümüzde kendimi inanılmaz güçlü hissettim. Hani bir işaret varmış da onu gördüğüm anda gözlerinde belirmiş gibi aynı düşmanın karşısında savaştığımızı hemen anladım. Yaşadığı acıyı anlatabilenlerin yeterince acı çektiklerini düşünmedim hiçbir zaman. Cem'le durumumuz da böyleydi. Yaşadıklarımızın üzerine fazlaca konuşmadan, grubun istismar ettiği diğer çocuklara ulaşabilmek için birbirimize cesaret vererek bir plan yaptık ve Cem'in bilgisayar kayıtlarını "hack"lemesiyle Haşim Bayrak'la temas etmiş diğer çocukları bulduk.

Bu kez Cem devam etti.

-Rutinlerini öğrendikten ve seni olayların içine soktuktan sonra da gizli bir numaradan Haşim Bayrak'ı arayarak kendimi Üstat olarak tanıttım. Birbirleriyle bağlantılarını maksimum güvenlikle sağlıyorlardı ama Üstat başkaydı. En güçlü olanları oydu ve hepsi ilginç bir şekilde ondan korkuyordu. Kullan-at telefonlar ve özel numaralardan diğerlerine ulaşır, kayıt altına alınması ihtimaline karşı da frekansıyla oynanmış bir sesle konuşurdu. Haşim Bayrak ya da diğerleri istediğinde Üstat'a ulaşamaz ama Üstat hepsine ulaşabilirdi. Geçen yıl yaşanan cinayetten sonra da Haşim Bayrak'a, yenilenen bir hatasında ortadan kaldıracağını söylemişti.

Konuşulanları arkası dönük bir şekilde dinleyen Serhan, yüzünü Cem'e dönerek sordu.

-Bu bilgilere nasıl ulaştın?

-Sadece Haşim Bayrak'ın bilgisayarına sızarak. Akıllı telefonunu bilgisayarına bağlayarak yedeklediği gün de telefonunu dinlemeye alabildim.

Elif söze girdi.

-Haşim Bayrak'ın peşine gerçek polislerin düşmesi gerekiyordu. Gerçekten korkması ve Üstat'ın yeniden ortaya çıktığını düşünmesi gerekiyordu.

-Beni adamın peşine gizlice takarak maşa görevi görmemi sağladınız.

-Aslında daha farklı bir final hayal etmiştik. Müfettişin bilgisayarından sisteme gireceğini bilemezdik.

-Yani kafanızdaki finalde Haşim Bayrak beni öldürüyordu?

-Hayır. Haşim Bayrak'ın olay yerine tek başına gideceğini düşünmüştük. Ama şansın yaver gitti ve müfettiş seni buldu.

Cem ekledi.

-Cesetlerin gömülü olduğu yeri başka türlü öğrenemezdik. Ancak polisten korkarsa temizlik yapmak için seni kendi ayaklarıyla oraya götürürdü.

-Ben cesetleri bulacaktım. Siz de polise delilleri ulaştıracaktınız?

-Aynen öyle olacaktı.

-Peki ya Mert o gece bayılmasaydı? Senin gerçekten intihar etmediğini görseydi?

-Plan yapan herkes bilir ki hesaplanan tüm detaylar ihtimaller dâhilindedir. Olabilirler de olmayabilirler de...

Cem'in kurduğu cümlenin üzerine aklına yeni bir şey gelmiş gibi gözlerini kısan Serhan, derin bir nefes aldıktan sonra konuştu.

-Mert'in Elif'le konuştuğu cep telefonu hattını taşıman?

-En güvenilir olan hatlardan biri oydu.

-Ben biliyordum ama.

-Bildiğin için güvenliydi.

-Nasıl?

-Araştırdığında bir şey çıkmayan bir numarayla bir daha ilgilenmezdin.

-Ve Mert uyanmıştı.

-Aynen öyle komiser. Oğlun Elif'ten haber almak isterse biz de oğlundan haber almış olacaktık.

Serhan'ın sessiz kalmasının üzerine herkes anlatacaklarını bitirmiş gibi kafasını önüne eğerek beklemeye başladı. Şimdi karar verme sırası Serhan'daydı. Elinde tuttuğu zarfı açıp bir süre boyunca içindeki kanıtları inceledi. Atacağı adımla olayların gidişatını değiştireceği için bütün seçenekleri değerlendirdi ve yeniden konuşmaya başladı.

-Kanıtlar adamları suçlamak için yeterli olacaktır ama gizlice elde edildikleri açıkça görünüyor. Savcı ilk olarak ekibe dâhil beşinci bir kişiyi aramaya başlayacak. Telefonları dinleyen, bilgisayarları "hack"leyen kişiyi...

Cem'le göz göze gelince çocuktan önce davranarak devam etti.

-Güvende misin?

-Kesinlikle.

-Özel hayatın ihlali gerekçesiyle avukatlar kanıtları çürütmeye çalışacak ama sorun olmayacaktır. Şimdi ne olursa olsun olaylarla hiçbir bağlantınız yokmuş gibi davranacağınıza söz veriyor musunuz?

-Sen bize başka bir söz verecektin?

-Size daha cazip bir teklif sunmadan önceydi o. Tekrar soruyorum. Olaylarla hiçbir bağlantınız yokmuş gibi davranabilecek misiniz?

Karşısında bekleyen herkes başını onaylar anlamda sallayınca ekledi.

-Şu an suçlanan kişi ben olduğum için kanıtları benim sunmam yeniden bütün ilgiyi üzerime çekecektir.

Serhan'ın yüzünü ekşiterek kurduğu cümlenin üzerine Derya konuştu.

-O zaman bizim planladığımız gibi devam edelim. Sen bizi hiç yakalamamışsın gibi.

Elif ekledi.

-Müfettişe ulaştıralım.

-Kimliği belirsiz bir kişi tarafından polis merkezlerine gönderilen zarflar sadece filmlerde olur.

-Yani?

-Yani olmaz.

-Neden?

-Müfettişin eline vermeyeceğin bir kanıt ortadan kolayca kaybolabilir de ondan. Adamların merkezi izlemediğini mi düşünüyorsun? Ya da içeriden bilgi alamadıklarını?

-Peki ne yapacağız?

-Kanıtları doğru yerlere yerleştirerek onların bulmasını sağlayacağız.

-Haşim Bayrak'ın evine yani?

-Bunu yapabilecek bir yardımcım var.

Murat'la göz göze geldiklerinde Elif söze girdi.

-Ama adam kendi telefonunu dinleterek kayıtları neden kendi evinde saklasın?

-Kendini güvenceye almak için. Ve bizim yapacağımız en doğru hareket, grubun gözcüsü olduğundan, bir şeyleri sürekli kayıt altına alan adamı kullanmak olacak.

Kurduğu cümlenin üzerine zafer kazanmış gibi kendisine bakan gözlerde çocukluğa ait pırıltılar belirince Serhan da garip bir şekilde mutlu hissetti. Suçluların cezasını çekeceği artık kesindi ama karşısında duran bu insanların istikbali ne olacaktı? Aklından bunları geçirirken Murat konuştu.

-Ben de yanınızda olacağım ama psikiyatr yardımı almanız şartıyla.

Elif yanıtladı.

-Biz hasta değiliz.

-Yaşadığınız travma yüzünden bugüne kadar birilerine ya da kendinize zarar vermekten çekinmediniz. Süksinilkolin sahte bir hemşire tarafından uygulandığında ölüme yol açabilirdi. Genç bir erkeğin hayatını kolayca riske atabildiniz.

Derya'nın gözlerine bakarak devam etti.

-Kamile Aydın'ı zehirlediniz.

-Otopsi yapılsa bile kalp krizi gibi görecekler.

-Bu seni suçlu yapmaz mı?

-Yaşamayı hak etmiyordu.

-Ama buna siz karar verdiniz. Daha dünyayı bile anlayamamışken kötülükle tanıştığınız için kendi adalet sisteminizi geliştirdiniz. İyiliğe olan inancınızı yitirdiniz ve kötülere ceza kesmeye başladınız.

Bu kez Cem söze girdi.

-Başkalarının zarar görmesini engelledik.

-Hayır. Sadece nefreti hayatınızın tam merkezine yerleştirdiniz. Kötülükle savaştığınızı düşünürken, masumları riske atarak kötülük yapmaya başladınız. Savaştığınız düşmanın aynısı olduğunuz gün kendinizle savaşmaya başladınız. Yaşadıklarınızı asla küçümsemiyorum ama hayat devam etmek zorunda. Dünya üzerinde yaşamakta olan milyarlarca insanın çok azı mükemmel bir çocukluk yaşayabilmiştir. Hepimizin travmaları var.

-Bunca şeyin üzerine mutlu mu olalım?

-Mutluluktan ne anladığımızla ilgilidir sorduğun sorunun cevabı. Hayatın sadece yüzde onu başımıza gelenlerken, yüzde doksanı onlara verdiğimiz tepkilerden oluşur. Size kendinizi değersiz hissettiren ne varsa yok etmekle başlayacağız. Acınacak bir tarafınızın olmadığını anlayacaksınız. Zekisiniz, olayları şekillendirecek, öngörecek ve diğerlerinden bir adım önde gitmenizi sağlayacak planlar yapabildiniz. Yetenekleriniz var.

-Bağımlılıklarımız?

-Bu konuyla ilgilenecek psikiyatrlar var.

Murat'ın konuşmasının üzerine, onu ilgiyle seyreden diğerlerini incelemeye başladı. İnandığı zaman nasıl da parıldıyordu bakışlar. En derin kuyulara atılmış ruhlar bile kendine acımayı bıraktığında ışığın var olduğunu görebiliyordu. Kayalıkların üzerinde bir yerlerde kendini belli eden masumiyetin varlığını hissedince yeniden mutlu oldu. Hepimizin özlemi geçmişe değil kaybolan masumiyeteydi şüphesiz. Dokunmak yetiyordu onu çıkarmaya. Yara alan yerlere sevginin samimiyetle buluştuğu bir dokunuş. Dünya üzerinde iyi insanların varlığına şahit olmak hatırlatıyordu insan olduğumuzu. Umutlar o zaman yeşermeye başlıyordu.

Aklından bunları geçirirken cebinde titremeye başlayan telefonunu hissedince ekrana bakmadan arayanın Şule olduğunu tahmin etti. Kayalıkların üzerinden yavaş hareketlerle ilerleyip sesinin duyulmayacağından emin olduğu bir yerde durup telefona cevap verdi.

-Serhan?

-Ben iyiyim Şule.

-Çok merak ettim. Neredesin?

-Eve döndüğümde her şeyi anlatacağım.

-Belin nasıl oldu?

-Daha iyi.

-Seni seviyorum.

-Ben de seni seviyorum.

Telefonu kapattıktan sonra, saniyeler önce kurduğu cümlenin içine yayılan huzur dalgasıyla birleştiğini hissetti. Kayalıklarda hayat hikâyelerini dinlediği insanlara gönülden yardım edecek bir karısı olduğundan emindi. Kendi travmalarını kendisi sarmış ve doğru insan olmayı başarabilmiş bir kadın. Doğru insanı bulmak belki bir ömür sürmüştü ama değmişti. Ağır adımlarla kayalıklardan inerek sivil polis aracına doğru yürümeye başladı. Murat'ın ve diğerlerinin şaşkın bakışları arasında aracın kapısını açınca Derya seslendi.

-Şimdi ne olacak?

-Konuştuğumuz gibi olacak.

-Serbest miyiz?

-O kadar da değilsiniz.

-Nasıl yani?

-Telefonlarınızı açık tutun.

Serhan'ın araca binmesinin üzerine harekete geçen Murat önce birkaç adım attı sonra da geriye dönerek arkasında kalan insanlara baktı. Bir şey demek için ağzını açtı ama bu fikrinden hemen vazgeçti. Şoför koltuğuna oturduğu aracın farlarını yakıp motoru çalıştırdı. Taşlık yoldan ana yola girene kadar konuşmayan Serhan'a doğru kafasını çevirince, komiserinin elindeki metal cismi gördü. Kayıt cihazıydı. Konuşmanın başından beri Serhan'ın üzerinde her şeyi kaydeden bir cihaz taşıdığını sadece Murat ve kendisi biliyordu. Bu kadar itirafı almışken olayların içinden hem oğlunu hem de kendini kolayca sıyırabilirdi. En başından işin içine nasıl bulaştırıldığı açıkça anlatılıyordu kayıtta. Sonra hiç düşünmeden aracı kullanan Murat'a dönerek cihazı uzattı.

-Kır onu.

Murat şaşkın gözlerle kendisine bakarken aynı cümleyi yineledi.

-Kır onu Murat!

Emre uyan Murat, aracı sağa çektikten sonra eline aldığı kayıt cihazını, direksiyona sertçe vurdu ama kırılmayınca iki eliyle güçlüce sıktı. Metal kısım ortadan ayrılmasa da, içinden çıkan kablolar cihazın artık çalışmayacağını net olarak gösteriyordu. Araç yeniden karanlığın içinde ilerlemeye başladığında düşünmeye devam etti. Hastaneye ulaştıklarında geriye tek bir sorun kalacaktı. Mert dışındaki herkesi Mert'in hayal gördüğüne inandırmak. Elif diye bir kız hiç var olmamıştı. Oysa masumiyetinden vurulan tüm çocukların hakkıyla kirlenmiş bir dünyada en çok Elifler var olmalıydı.

Final bölümünde karakterlerden birinin ismi yoktu. İsimsiz bir karakter istismara uğrayan ama ismini hiç bilmediğimiz diğerlerini temsil ediyordu. Sessiz kalan, hakkını savunamayan, kötülükle tanıştığında henüz hayatının başında olan tüm isimsizlere...